插图本
英国文学史

刘意青　刘阳阳　编著

北京大学出版社
PEKING UNIVERSITY PRESS

图书在版编目(CIP)数据

插图本英国文学史 /刘意青,刘阳阳编著. —北京:北京大学出版社,2011.5
(插图本外国文学史系列丛书)
ISBN 978-7-301-18482-0

Ⅰ.插… Ⅱ.①刘…②刘… Ⅲ.文学史—英国 Ⅳ.I561.09

中国版本图书馆 CIP 数据核字(2011)第 011923 号

书　　　　名：	插图本英国文学史
著作责任者：	刘意青　刘阳阳　编著
责 任 编 辑：	初艳红
标 准 书 号：	ISBN 978-7-301-18482-0/I·2313
出 版 发 行：	北京大学出版社
地　　　　址：	北京市海淀区成府路 205 号　100871
网　　　　址：	http://www.pup.cn
电　　　　话：	邮购部 62752015　发行部 62750672
	编辑部 62759634　出版部 62754962
电 子 邮 箱：	alice1979pku@163.com
印　 刷　 者：	北京大学印刷厂
经　 销　 者：	新华书店
	787毫米×980毫米　16 开本　11.25 印张　184 千字
	2011 年 5 月第 1 版　2011 年 5 月第 1 次印刷
定　　　　价：	49.00 元

未经许可,不得以任何方式复制或抄袭本书之部分或全部内容。
版权所有,侵权必究　　举报电话:010-62752024
　　　　　　　　　　　电子邮箱:fd@pup.pku.edu.cn

编写分工

刘意青　第一章　古英语和中古英语时期
　　　　　第四章　18世纪文学
　　　　　第七章　世纪末至一战文学
　　　　　第八章　现代文学
　　　　　第九章　二战后文学

刘阳阳　第二章　文艺复兴与莎士比亚
　　　　　第三章　17世纪文学
　　　　　第五章　浪漫主义时期文学
　　　　　第六章　维多利亚文学

序

  插图本文学史是世界通行的一种普及型文学史，比如《牛津插图本英国文学史》（*The Oxford Illustrated History of English Literature,* 1990）就是一部出得很精致、图文并茂的文学参考书，对提高普通读者的兴趣，普及世界经典作品和对社会读者进行人文熏陶都十分有利。在我国逐渐也有出版社开始编辑出版这类丛书，北京大学出版社近年来就特邀了一些业内学者编著一套插图本外国文学史系列丛书，据笔者知道已经问世的有日本、拉美、法国等多部，其内容和编排都很有特色。2009年下半年张冰主任邀我们加盟这个系列丛书，虽然时间仓促，我们也十分高兴地承担了这项任务，因为这种文学史可以惠及更多读者。下面就编写中的一些情况做个简单说明。

1. 本书的编写体例还是选择按照通行的历史时代划分，这样比较简明、清晰。但是从二战开始分阶段就有些困难，主要原因有二：一是许多二战前就开始创作的作家一直发表和出版至20世纪末，甚至到21世纪初，很难把他们分段局限在某一章内；二是二战后的文学百花齐放，派别林立，思潮繁杂，不像18世纪新古典主义，或19世纪浪漫主义，或维多利亚诗歌和小说那么容易归类和切割。为此，编写者只能带着一定的个人"偏见"把他们大概划分归位，在一个地方重点提到后，就不再在另一处重复了。这样做很可能有不够准确的问题，或引起不同意见，还请读者谅解。

2. 由于插图本文字必须简短，在大量精简中编写者的个人偏好和片面是几乎所有这类文学史难免的遗憾。在选取作家和作品方面，20世纪后期选到何处为止也是个有伸缩性的难点。本书的编写者基本参照《牛津英国文学词典》第6版，凡该版本尚未收入的作者，即便当前很热门，我们也不考虑。当然，由于这是插图本，比简明文学史篇幅还有限，因此也必然省略了不少《牛津英国文学词典》已经收编但相对次要的作者。

3. 书中的人名和作品名译法一般参照百科全书的外国文学卷和一些常用的文学词典、文学史（见书后参考目录），或国内权威杂志中的译法。有些较次要的作者姓名和作品的现成中文译法比较难找，这类名字都是本书编写者自译的。

4. 本书第七、八、九三章参阅了刘意青、刘炅编著《简明英国文学史》(外研社，2008) 中刘炅编写的相应篇章。

现当代影视和数码技术空前发展、普及，人们越来越习惯通过图像来认识世界并学习知识。在这样的形势下，插图本文学史也算是一种符合潮流的出版物。尽管如此，这本文学史的编写者仍然尽量保证基本的信息量和学术要求，并希望这部文学史能在完成普及任务的同时，通过提高读者兴趣和打下文学知识基础，为我国培养专业文学教师和研究者的大目标贡献一点力量。

编写者

2010年春于北京

目 录

第一章 古英语和中古英语时期（450—1485） 1
  一、盎格鲁-撒克逊史诗《贝奥武甫》 3
  二、中古英语时期和乔叟 6

第二章 文艺复兴与莎士比亚（1485—1616） 11
  一、文艺复兴时期文学概貌 13
  二、威廉·莎士比亚 20

第三章 17世纪文学（1616—1688） 28
  一、17世纪文学概貌 30
  二、清教徒作家：弥尔顿与班扬 38

第四章 18世纪文学（1688—1780） 45
  一、新古典主义文学 47
  二、世纪中期文学家塞缪尔·约翰逊 53
  三、现代小说的兴起和首次繁荣 56
  四、前浪漫主义诗歌和哥特式小说 66

第五章 浪漫主义时期文学（1780—1830） 72
  一、第一代浪漫主义诗人 74
  二、第二代浪漫主义诗人 80
  三、小说家司各特和奥斯丁 89

第六章 维多利亚文学（1830—1880） 95
  一、主要小说家 98
  二、主要诗人 113

第七章 世纪末至一战文学（1880—1914） ……………………… 121
 一、唯美主义文学 ……………………………………………… 123
 二、世纪末诗歌 ………………………………………………… 124
 三、世纪末小说 ………………………………………………… 127
 四、萧伯纳和世纪末戏剧 ……………………………………… 135

第八章 现代文学（1914—1945） …………………………………… 138
 一、新小说 ……………………………………………………… 140
 二、现代诗歌 …………………………………………………… 145
 三、两次大战间的非现代主义文学 …………………………… 147

第九章 二战后文学（1945— ） …………………………………… 151
 一、二战后小说 ………………………………………………… 154
 二、二战后诗歌 ………………………………………………… 160
 三、二战后戏剧 ………………………………………………… 162

作家索引 ……………………………………………………………… 166
主要参考书目 ………………………………………………………… 170

第一章

古英语和中古英语时期
(450—1485)

盎格鲁-撒克逊时代的英国和北欧

古代英国地图——中古文学常提地点

公元前600年左右居住在欧洲大陆上的凯尔特人开始向不列颠群岛迁徙，其中的布立吞部族在公元前400年至公元前300年逐步定居这里，并按照自己部落的名字把这些岛屿称为不列颠群岛。后来罗马帝国的军队北上入侵并占领了这些群岛，他们实施的奴隶制统治从公元前55年延续到公元407年，在罗马帝国衰亡后占领军才全部撤离。然而凯尔特人并没有得到安宁，公元450年前后日尔曼部落的盎格鲁、撒克逊和朱特人大批移民不列颠群岛中部和南部，他们把凯尔特人驱赶到现在的苏格兰、威尔士和爱尔兰，命名他们占据的中部这块土地为英格兰，即"盎格鲁人之土地"的意思。他们的盎格鲁-撒克逊语言就是古英语。

公元8世纪丹麦海盗开始不断骚扰和打劫不列颠群岛，并且阶段性地占领这里。虽然曾有威塞克斯的阿尔弗雷德国王率领百姓驱逐了海盗，但在他去世

第一章 古英语和中古英语时期(450—1485)

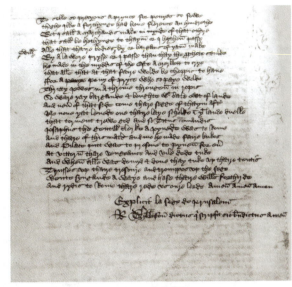

古英语　　　　　　　　　　　　　　中古英语

后丹麦人于1013年又卷土重来。公元1066年诺曼底公爵威廉举兵攻占了英格兰，从法国带来了封建社会和经济制度。他大肆分封土地，入侵将领都受封为土地贵族，而英格兰本土百姓则沦为农奴和佃户。有一段时间法语成为上流社会的语言，但在英国百姓中英语始终充满了活力而最终胜出，成为全民语言。1349年英语被正式允许在学校教授，1362年成为司法用语。然而由于大量的法语词汇进入了英语，此时的英语已经不同于古代的盎格鲁-撒克逊语言，它被后人称为中古英语。

一、 盎格鲁-撒克逊史诗《贝奥武甫》

古英语时期主要的文学形式是诗歌，当时留下的比较重要的民间诗歌有公元6世纪民间云游诗人威德西斯（Widsith）编写的一些诗歌，比如与他同名的诗《威德西斯》（即到处流浪的人），150行左右，吟唱他自己的流浪生活和其中的苦乐。另一首叫做《漫游者》（The Wanderer）的诗有115行，描写一个失去了保护他的领主的人伤心地到处游荡，想找到一处安身之地。此外，还有无名诗人的诗歌《航海者》（The Seafarer）、《妻子的哀怨》（The Wife's

《贝奥武甫》原稿

Complaint/Lament)、《丈夫的书信》（The Husband's Message）等等。前者描述一个久经海上艰难的老人劝说一个决心出海的年轻人打消航海的念头；后面两首写百姓的日常生活，但是残缺不全。这些诗歌被口头传唱，抄录记载，全部用头韵诗体写就。

公元597年圣奥古斯丁来英格兰传播基督教，罗马天主教大约用了一百年把英格兰变成一个基督教国家，基督教的内容和感情也逐渐成为诗歌表述的一个重要主题。最早的教会基地之一诺森伯兰郡（Northumbria，又译诺森伯里亚）就聚集了不少有文化的僧人，他们留下了重要的文学作品。比如在诺森伯兰寺庙里长大的盎格鲁-萨克逊诗人凯德蒙（Caedmon，fl. 670）自称做了一个梦，梦中得天意要歌颂上帝，醒来后他就开始写这方面的诗歌，宣传《圣经》的内容。除了诗歌，诺森伯兰寺院的僧人比德（The Venerable Bede，c. 673—735）写了第一部英格兰编年史《英格兰人宗教史》。

然而，最重要的古英语诗歌是盎格鲁-撒克逊史诗《贝奥武甫》（The Song of Beowulf）。这首诗歌是盎格鲁-撒克逊人从欧洲大陆带来的，由一位不知名的诗人于10世纪写成，讲述了这个民族在欧陆上的生活和业绩。随着基督教的传播，这首异教诗歌逐步吸收了一些基督教文化。1705年发现的《贝奥武甫》被公认为英国人民古老的史诗。全诗3182行，分成两部分。第一部分描述了丹麦国王赫罗斯加修建了一座鹿厅，并在那里举行盛大的饮宴。然而妖魔格伦德尔多次夜访鹿厅，把武士杀死吃掉。消息传到赫罗斯加的侄子朱特人贝奥武甫那里，他就带领自己的部下到丹麦来帮助除害。当格伦德尔再次造访鹿厅时，贝奥武甫与他厮杀、打斗，震得整个大厅晃动。最后格伦德尔失掉一条胳膊，鲜血如注，逃回他的穴窟死去。第二天晚上，正当赫罗斯加设宴为贝奥武甫庆功时，格伦德尔的老水妖母亲来为儿子复仇，杀死一个武士。贝奥武甫追

第一章 古英语和中古英语时期(450—1485)

贝奥武甫时代的头盔和饰品

随她潜入血腥的水下,用一把魔剑杀死了老妖怪,并把格伦德尔的头砍下带回给赫罗斯加。

第二部分描写贝奥武甫做了朱特国王,深受百姓拥戴,国富民安约50年。然后,不幸的事发生了。一个过路人从附近山洞里偷了一只珠宝杯,看守山洞珠宝的火龙大怒,下山来祸害贝奥武甫的百姓。年迈的贝奥武甫披甲上山去斗火龙,在年轻武士威耶拉夫的协助下杀死了火龙,但他也受了致命伤。贝奥武甫死后,百姓们把山洞里的所有宝藏同他的骨灰葬在一处,以表示金银财宝都不足以补偿他们失去的领袖。

《贝奥武甫》用头韵诗体(alliterative verse)写成。它的每行诗中间有个短间歇(caesura),前后半句里各有两个重读音节、非重读音节不等,由此产生节奏很强的音乐感。另一个重要的特点就是采用复合词的隐喻表达法(kenning),即用两个以上词构成的词组来做比喻,比如把大海称为"鲸鱼之路",太阳比做"世界的大蜡烛",等等,十分生动。此外,这首史诗的艺术成就还见于贝奥武甫这个盎格鲁-撒克逊民族英雄得到了完美的刻画,在他身上既具备古代欧陆异教传统的忠诚、英勇、尚武等品质,又体现了服从上帝和洁身律己等基督教精神。

二、 中古英语时期和乔叟

14世纪的英国充满不安定因素。由于社会迅速向封建制度过渡,农民、小手工业者和佃农受到封建领主的残酷盘剥,阶级矛盾愈演愈烈,1381年就爆发了大规模的农民起义。当时一位布道者约翰·保尔(John Ball)就挺身为劳苦大众说话,留下了千古名言:"当亚当耕地,夏娃纺纱时,谁又是绅士呢?"于是,千万农民在一个泥瓦匠瓦特·泰勒(Wat Tyler)的率领下揭竿起义,反对压迫。起义最终因农民相信了国王的谎言,放下了武器而惨遭镇压。

除了农民起义,这个时期的封建领主们也因分配不均而打起内战。这就是有名的玫瑰战争(1455—1485),约克家族和兰开斯特家族以佩带红白两种不同颜色的玫瑰为标志厮杀了30年,直到两败俱伤。在国外,从1337年到1453年英国发动了同法国为争夺王权的百年战争,最终英国战胜了,但英国封建势力遭到了致命的打击。

在语言演变和文学成果方面,从1066年诺曼人征服英格兰开始,古英语逐步演化为中古英语,变化主要体现在:(1)原盎格鲁-撒克逊英语丢掉了词尾变化;(2)吸收了大量法语词汇。但是,古英语的绝大多数词汇和语法仍然被保留下来。百年战争之后,随着城市经济的发展,伦敦方言渐渐成为中古英语的基础。在乔叟用这种新的英语创作了诗歌,特别是《坎特伯雷故事集》之后,中古英语做为文学语言就站稳了脚跟,成为现代英语的前身。

中古英语时期的一个主要的文学形式叫做"传奇"(romance),这个文类始于欧洲,由诺曼人带到了英国。英国的传奇主要围绕亚瑟王。亚瑟王在历史上确有其人,他是个凯尔特民族英雄,被尊为理想的君王。亚瑟王和圆桌骑士的故事脍炙人口,比如"高文爵士与绿衣骑士"就是一个不知名的诗人于1375—1400年期间写成的。托马斯·马洛里(Thomas Malory, c.

亚瑟王塑像

第一章　古英语和中古英语时期(450—1485)

亚瑟王与敌人交锋

1405—1471)的《亚瑟王之死》(la Mort d'Arthur)是这个传奇系列中最有名的作品。这些故事歌颂英勇、洁身自爱、忠于国王和教会等骑士风范。

另一种流行的文学形式是民谣，它一直存活在普通民众中，并充满活力和生气。民谣有叙述和抒情两种，头韵诗体使用普遍，许多民谣十分幽默。民谣的主题多样：描写日常苦乐、年轻人相爱的悲欢，还有苏格兰和英格兰边界年久的战争和摩擦。但是，最广为传诵的是关于绿林好汉罗宾汉和他的伙伴们劫富济贫的故事，豪侠罗宾汉、7英尺高的小约翰、快乐的花和尚塔克修士等都成为深受民众喜爱的文学形象。

最后要提及的是威廉·朗格兰（William Langland, c. 1332—1400）和约翰·威克利夫（John Wyclif, c. 1330—1384）。前者创作了寓言诗歌《农夫皮尔斯的梦幻》（The Vision of Piers Plowman），一首7000行的长诗，描写农夫皮尔斯

《罗宾汉》剧照

乔叟

做的一个梦。在诗里朗格兰显示了对普通百姓的同情和尊敬，并提出人人都应该工作的平等思想。后者威克利夫违背教会禁令，不顾个人安危把《圣经》从拉丁文翻译成中古英语，成为后世各种译本的重要参照。

然而，乔叟无疑是中古英语时期最重要，也最具代表性的诗人，他的杰作《坎特伯雷故事集》是不朽的文学佳作。

杰弗里·乔叟（Geoffrey Chaucer, c. 1343—1400）被誉为"英国诗歌之父"。他出身于一个富裕的酒商家庭。1367年开始为政府工作，曾多次被派往欧洲完成外交使命，在法国和意大利居住了一段时间。1373年之后，乔叟曾被任命为伦敦港的海关官员，最后担任的职务是皇室修建大臣和森林官。他白天必须上班，就利用晚上的时间从事他喜爱的诗歌创作。乔叟死后葬在西敏寺，他的骨灰埋葬处被定为有名文学家和诗人的埋葬处所，称为诗人角。

乔叟的创作生涯一般被分为三个阶段：(1) 法国影响阶段，翻译法国作品，并且实验不同的诗歌节奏和结构，爱用中世纪流行的寓言和讽刺手法。这阶段最具代表性的作品是叫做《公爵夫人之书》（The Book of Duchess）的一首悼亡诗，伤悼他的恩主，一位公爵死去的夫人。(2) 意大利影响阶段，努力学习但丁和薄迦丘这样的意大利伟大作家，创作了《声誉之家》（The House of Fame）、《百鸟会议》（The Parliament of Fowls），但本阶段最有分量的是长篇叙事诗《特洛伊拉斯和克丽西德》（Troilus and Criseyde）。该诗大约写于1385年，全诗5卷，描写特洛伊战争中年轻王子特洛伊拉斯爱上克丽西德后遭到她背叛的悲剧。(3) 英国阶段，此时乔叟跳出了传奇和梦境的约束，创造了充满英国本土气息的现实主义作品《坎特伯雷故事集》。

《坎特伯雷故事集》（The Canterbury Tales, 1387—1400）是一群朝香人在去坎特伯雷朝拜圣徒托马斯·贝克特的路上讲的故事集子。开篇是最为有名的"总序"，它交代了一个春日里29个凑巧寄宿在伦敦郊区一家旅店里的朝香人决定结伴前行，并在店老板的提议下同意在去的路上每人讲两个故事，在

第一章 古英语和中古英语时期(450—1485)

《坎特伯雷故事集》1478年版本

《坎特伯雷故事集》插画：女修道院长

回途中再讲两个，由店老板来评判谁的故事最精彩。这个总序中最出彩的部分是诗人对每一个朝香人的描述。他们来自不同的社会行业，有很生动的外部特征和与其出身和行业相联系的习性和话语。这个总序同每个故事前面的小序一道构成了整个诗歌的框架，形成了故事套故事的双层故事结构。然而，乔叟在全部完成该作品计划之前去世，总共写完了24个故事。

最值得一提的是乔叟的超凡叙述技巧和对他当代社会生活和各行各业人士的现实主义描绘。比如五次嫁人的庸俗市民巴斯妇，她十分刁钻爱财，先是几次嫁给有钱的老头子，婚后就虐待他们。最后一个丈夫大约比她年轻两轮。巴斯妇用假死吓唬他，使他就范。这样一个女人讲的故事也很符合她的为人和思想，故事中的骑士因奸污而将被处死，除非他能回答出女人最希望得到什么。一个老而丑的妇人许诺可以告诉他正确答案，但作为交换，骑士必须娶她。然而当骑士忍住厌恶履行了诺言与老妇人成婚时，这个老妇变成了一个年轻漂亮的女人。这只是许多精彩人物和故事中的一例，乔叟在《坎特伯雷故事集》里展示了一整个画廊的人物肖像和他那个时代英国社会的全景图画。

乔叟以擅长诙谐、幽默和讽刺著称。比较尖刻的讽刺例子可见于巴斯妇，而温和的讽刺及诙谐的最好例子就是他对朝香的女修道院长的描写。这个女神职人员实际很爱美,并且装腔作势地斯文,时而说英国口音很重的法语,笑不露齿,就餐时不让哪怕一点点面包渣掉在衣服上。她还是个充满善心的人,见到老鼠被夹住就要哭泣。乔叟告诉我们在她胳膊上挂了一串念珠,正中间最大的一颗绿色珠子上刻有一句拉丁文,意思是"爱征服一切"。基督教提倡仁爱,更宣扬上帝之爱。但是这句话中的爱很含糊,完全可以暗指男女之爱。用这样的诙谐,乔叟生动地塑造了一个凡心未死、行为有些虚伪的女修道士。

《坎特伯雷故事集》是英国首次把法语和拉丁语诗歌的影响本土化的产物,它用格律诗体(metrical verse)取代了古英语的头韵诗体,特别擅长用五步双韵体的诗句(rhymed couplet of iambic pentameter),开创了英国诗歌的新纪元。此外,因为他使用了伦敦方言进行创作,这个方言便上升为文学语言,在英语完成从盎格鲁-撒克逊阶段向中古英语的演进中起到了决定性作用。而且是乔叟把之前欧洲和英国文学偏爱宗教题材、浪漫传奇和寓言梦境的倾向,引向了描写英国民众和社会生活的现实主义,塑造了有血有肉的人物形象,展示了充满活力的生活画卷。

《坎特伯雷故事集》插画:酒馆场面

第二章

文艺复兴与莎士比亚
(1485—1616)

西班牙无敌舰队

莎士比亚时期的伦敦剧院

16世纪的英国社会正处于从封建社会向资本主义社会过渡的转型期。贸易和制造业发展迅速,其中羊毛出口和毛织业更是蒸蒸日上。1588年英国海军一举击败大陆强国西班牙派来入侵的"无敌舰队",为英国的国际贸易和殖民事业扫清障碍。而都铎王朝(the Tudor House)的统治在经历了长达半世纪宗教改革与反改革的血雨腥风之后,终于在1558年随着女王伊丽莎白一世的即位而进入一个巅峰时代。在她统领英国的45年里,伊丽莎白女王始终以其温和折中的统治策略在新教与天主教、新兴资产阶级与封建领主之间求取平衡。因此,虽然这一时期疯狂的资本积累加剧了贫富差异和阶级矛盾,但总体而言,英国社会是进入了一个国力日渐充实,时局相对稳定的繁荣期,在文化和文学领域也相应地呈现出一派百家争鸣、佳作竞出的文艺复兴局面。

作为整个西欧文艺复兴运动的一部分,英国的文艺复兴同样以人文主义思

伊丽莎白女王和议会

16世纪的伯爵

第二章 文艺复兴与莎士比亚(1485—1616)

想为核心理念。人文主义者们致力于打破天主教的极端禁欲主义和来世中心论对人性的禁锢,强调现世幸福的重要性,鼓励人们享受情感释放和心智发展的天赋自由。诗歌和戏剧成为这一时期最为繁荣的文学体裁。托马斯·怀特爵士(Sir Thomas Wyatt)和萨里伯爵亨利·霍华德(Henry Howard, Earl of Surrey)将意大利的十四行诗引入英国并加以改造,这种适合于抒情主题的英国体十四行诗(sonnet)由此风靡一时。与此同时,大大小小的剧院剧团在伦敦涌现,吸引了各行各业的观众群,也激发了众多文人墨客的创作激情。"大学才子"就是其中卓有成就的一个剧作家群体,其中包括约翰·利利 (John Lyly)、托马斯·洛奇 (Thomas Lodge)、托马斯·纳什 (Thomas Nashe)、罗伯特·格林 (Robert Greene) 和著名的克里斯多弗·马洛 (Christopher Marlowe)。这几位受过大学教育,又同以写作为生的剧作家可谓是莎士比亚之前最耀眼的戏剧之星。

一、文艺复兴时期文学概貌

托马斯·莫尔 (**Thomas More, 1478—1535**) 是英国文艺复兴时期最杰出的人文主义学者,出生于伦敦一个富裕家庭,父亲曾作过皇家高等法院的法官。莫尔从小接受优良教育,出入上层社会并笃信天主教。但他并不墨守成规,一贯坚持以人为本的人文主义理念。在担任国会议员和皇家大法官的余暇时间里,莫尔以拉丁语写成了传世之作 《乌托邦》 (*Utopia*, 1516),讲述作者在比利时安特卫普遇到一个旅行者,此人向他描述了一个叫"乌托邦"的地方。乌托邦是一个和谐理性的共和国,在那里财产共有,教育普及,宗教自由,没有酒店和妓院,也没有堕落和罪恶;那里的人们安居乐业,重视道德,并有充足的时间从事科学研究和娱乐,而且妇女跟男人一样可以接受正规教育,也可以担任神职工作,等等。乌托邦一词的拉丁语义为"乌有之乡",这一虚构的共和国寄寓了莫尔心中对理想社会的全部憧憬,并从此成为空想美好社会的常用代

托马斯·莫尔

亨利八世

名词。与此相对照，在《乌托邦》中，莫尔也首次用"羊吃人"来揭露"圈地运动"，批判英格兰冷酷的社会现实。

莫尔自己的人生结局可谓实践了一个理想主义者对信念的至死不渝。在亨利八世与罗马天主教庭的政教纷争中，莫尔坚守自己作为法官和天主教徒的道德原则，拒绝支持亨利八世违背天主教规与皇后凯瑟琳离婚，也拒绝宣誓承认英王是教会的首领。亨利八世以叛国罪将莫尔囚入伦敦塔，并处以斩首极刑。临刑前莫尔坦然自若，自己用头巾蒙住眼睛，对刽子手开玩笑说："我的脖子短，好好瞄准，可别出丑。"

埃德蒙·斯宾塞（Edmund Spenser, 1552—1599）是英国文艺复兴时期最重要的诗人之一。斯宾塞出身伦敦布商家庭，1569年以工读生身份入读剑桥大学，主攻文学和哲学，具有深厚的古典文学素养。硕士毕业后，斯宾塞凭借其出众的才华一路被提携，于1580年获任为爱尔兰总督格雷爵士的秘书。此后18年间，除了两次到伦敦暂住，斯宾塞一直都在爱尔兰过着官绅生活。斯宾塞是新教教徒，他赞成格雷爵士在信奉天主教的爱尔兰实行苛政。1598年底，在爱尔兰人的反英起义中，斯宾塞的城堡被烧毁。他携妻儿逃往伦敦后不足一月便死于贫困中，死后被葬于西敏寺的诗人角。

斯宾塞

斯宾塞因对爱尔兰实施严酷的殖民政策并主张摧毁其文化而臭名昭著，但在诗歌领域却堪称是乔叟之后、莎士比亚之前最伟大的英国诗人。斯宾塞的第一部重要诗作是献给他的保护人和朋友锡德尼的《牧人月历》（*The Shepheardes Calender*, 1579）。该诗包括12首牧歌式田园诗，一首对应一个月份，

第二章 文艺复兴与莎士比亚(1485—1616)

故谓月历。《牧人月历》沿用了维吉尔古典牧歌的对话体形式，写牧羊人对牧羊女的爱情和失恋之苦，但内容上比传统牧歌更加丰富：除了爱情主题之外，还融入了作者对当时的一些社会政治和宗教问题带有讽喻色彩的暗示。在文体上则不避俗字俗语，广泛吸取古字和外来词，颇有乔叟诗作之风，以其清新自然的气息开启了一个崭新的抒情诗时代。

斯宾塞最重要的代表作是他未完成的寓言体长诗《仙后》（*The Faerie Queen*, 1596）。诗人原拟写12卷，每卷讲述一名代表一种美德的骑士所经历的奇遇。这12位骑士是仙后格劳瑞亚在每年一度的宴会庆典上派出去执行任务的。格劳瑞娅就是伊丽莎白女王的化身，而诗中出现的亚瑟王子则是唯一一位集十二种品德于一身的完美绅士，骑士们总是在他的帮助下战胜恶敌。长诗《仙后》在体裁上采用了中世纪寓言诗的形式，内容上却充分体现了英国文艺复兴成熟期的人文主义精神。用诗人自己的话说："本书的目标是要塑造一个能够自洁自律的绅士，或者说高尚的人。" 对于那些重视伦理道德和社会责任的人文主义者来说，这种能够自我完善的"绅士"才是足以取代中世纪"圣徒"的人杰典范，同时也是最理想的治世之才。遗憾的是，斯宾塞去世时《仙后》只完成了6卷零2章，主要论及了敬虔、节制、贞洁、正义、礼貌、友爱这六种美德。

斯宾塞的诗意象丰富、语言精致、富有韵律。他在《仙后》中采用了自创的"斯宾

伊丽莎白一世

《仙后》配图

16世纪的绅士

塞体"：每一诗节包含九行，前八行为抑扬格五音步，最后一行为抑扬格六音步或名亚历山大诗行，韵格为ababbcbcc。斯宾塞体成为英国最重要的诗体之一，对18、19世纪的英国诗人有很大影响，而斯宾塞本人也被推誉为"诗人中的诗人"。

菲利普·锡德尼

菲利普·锡德尼（Philip Sidney, 1554—1586） 是英国文艺复兴时期著名的诗人和诗评家。他出身贵族，父亲亨利·锡德尼爵士曾三度担任爱尔兰总督。锡德尼于牛津大学肄业后曾去法、德、奥地利和意大利等国游历，回国后在伊丽莎白女王的宫廷任朝臣，间或出国执行外交谈判任务。1582年锡德尼受封为爵士，1585年被委任为荷兰海岸行省弗拉辛的总督。锡德尼的死极富传奇性。1586年，锡德尼在一次对荷战役中大腿中枪，却将自己最后的一点饮用水让给了一位战士，并对他说："你比我更需要它。" 26天后这位贵族才俊死于伤口感染。

锡德尼的三部主要代表作是文论《诗辩》（*The Defense of Poesy*, 1579—1580）、诗集《爱星者与星》（*Astrophel and Stella*, 1580—1584）和传奇故事《阿卡狄亚》（*Arcadia*, 1580）。

《诗辩》在英国乃至整个西方文学批评史上占有非常重要的地位。该文是为驳斥清教徒作家斯蒂芬·高森 "诗歌是制造罪恶的学校"一说而作。锡德尼在《诗辩》中追溯诗歌的发展史，认为诗歌能够引人向善、寓教于乐，在教化方面的价值高于哲学和历史学。文章进而分门别类地品评各类诗歌。在谈到英国诗歌时，锡德尼认为当时的英国诗歌陷入了一个乏善可陈的艺术低潮期，但他也充满信心地预测说一个英国诗歌史上前所未有的辉煌时代就要到来。《诗辩》行文优美、简雅凝炼，是英国批评文学的开山力作之一。

诗集《爱星者与星》包括108首十四行诗，抒发诗人对自己失之交臂的恋人潘尼洛普深切的思慕之情，语言质朴清新，感情真挚，出版后很多诗人竞相模仿。

第二章　文艺复兴与莎士比亚（1485—1616）

《阿卡狄亚》是锡德尼短期隐居乡间应妹妹玛丽之请而写的。它将传统的骑士传奇与田园文学相结合，讲述两个王子的冒险经历，以及他们和阿卡狄亚国王的两个女儿之间的浪漫爱情。阿卡狄亚原是古希腊一个山区，在西方成为世外桃源的同义词。锡德尼借由这个离奇的传奇故事刻画了一个梦幻似的洞天福地，开启了英国文学中浪漫的田园传统。《阿卡狄亚》同时也是英国文学早期一部最重要的散文体小说，其中穿插了许多抒情短诗和牧歌，行文优美诗意，意象丰富生动。

俊朗多才、侠骨柔肠的锡德尼被时人誉为"仁侠的模式、风流的镜子"，可谓当之无愧。

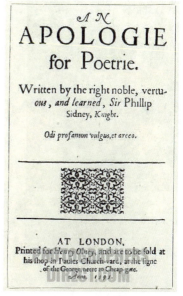
《诗辩》封面

克里斯多弗·马洛（Christopher Marlowe, 1564—1593）是"大学才子"中最出色的一位，也是莎士比亚之前英国最杰出的剧作家。他的一生虽然短暂却波澜激荡。这位坎特伯雷鞋匠之子取得了剑桥大学的学士和硕士学位，通晓拉丁文、历史、地理、药理学和古典诗歌，但却生性暴躁，热衷冒险，据说从大学期间就开始暗中执行一些官方间谍任务。1589年，马洛卷入一场街头争斗。他的对手，诗人威廉·布拉德利在打斗中被另一名诗人杀死。马洛受牵连而被短期拘禁。1593年，马洛因涉嫌传播无神论思想被枢密院传讯，案件尚未结案时他在一家酒馆与人产生纷争，被当场刺死。

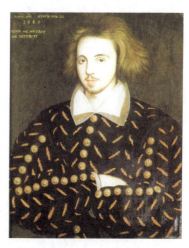
克里斯多弗·马洛

马洛的正式写作生涯只有短短六年，但成就斐然。他是第一个采用无韵诗体（blank verse）写悲剧的诗人。他的无韵诗语言华美壮丽、激情勃发，被本·琼生称作"马洛的雄伟诗行"。而这种充满张力的戏剧语言与马洛笔下的悲剧主人公们十分匹配：无论是帖木儿、巴拉巴还是浮士德，都是些惊天动地、欲壑难填的"巨人"。《帖木儿大帝》（*Tamberlaine*

《浮士德博士的悲剧》插画：恶魔梅菲斯托非利

the Great, 1587）讲述的是出身牧羊人的鞑靼人帖木儿如何成就霸业，又在征服世界的野心未竟时猝然身故。《马耳他的犹太人》（*The Jew of Malta*, 1633）中，狡诈的犹太富商巴拉巴为了自己的利益先是卖女卖国，当上马耳他总督后又试图谋害他所投靠的土耳其统帅，结果死于自己布下的机关。马洛最优秀的作品是《浮士德博士的悲剧》（*The Tragical History of Doctor Faustus*, 1594）。故事取材于中世纪的德国民间传奇。浮士德博士不满足于人类常规学问和经验的局限，与魔鬼撒旦的仆人梅菲斯托非利订约，以自己的灵魂为价换取梅菲斯托非利为他服务24年，满足他的一切欲求。这时的浮士德是一个力图突破当前知识边界、征服宇宙万物的探求者，形象不失高大。但订约后的浮士德却并没有成就任何功业，他周游列国，纵情声色，思想、境界和行动都日见萎缩。最后在24年之约到期之时，地狱门口大开，浮士德被地狱恶魔带走。

虽然马洛的悲剧在人物塑造上缺少变化，但他笔下的"巨人们"将文艺复兴早期那种蓬勃狂放的人类欲望展现得淋漓尽致，而他那纵横开阖的无韵体诗更是对后来者影响深远。

本·琼生（Ben Jonson, 1572—1637）是文艺复兴时期伟大的喜剧作家，在世时享有超越莎士比亚的声誉。他是伦敦一位教士的遗腹子，少年时在威斯敏斯特公学接受教育，学习古典语言、文学以及历史。然而他尚未毕业就不得不跟随继父学做砖瓦活，后又从军参加对西班牙人的战争。1592年，琼生成为菲利普·亨斯罗剧团的演员，随后转向戏剧创作，逐渐成为最为炙手可热的喜剧作家。与马洛相似，琼生生性好斗，曾因决斗杀人和讥讽时政而多次入狱，借助于他在文坛和戏剧界的巨大影响力方得以脱难。詹姆士一世上台后琼生通过编写宫廷假面舞剧而获得恩宠，1616年琼生成为第一位获得国王恩俸的"桂冠诗人"，同时他也是英国文学史上第一个文

本·琼生

坛盟主。当时有很多年轻诗人云集在琼生周围,包括诗人罗伯特·赫里克和汤玛斯·卡鲁等,他们自称为"本的儿子"。1637年琼生病逝,葬于西敏寺的诗人角,墓志铭写道:"噢,世所罕见的本·琼生。"

琼生的文学创作涉及戏剧、诗歌、散文等多种领域,但他最突出的成就还是在喜剧理论和创作上。根据当时流行的"四种气质"理论,琼生开创了一种独特的喜剧类型:气质喜剧(Comedy of Humours)。"气质"一词指的是人的某种主导性情或特质。而琼生剧中的主要人物都是体液极不平衡的人,一种占绝对优势的体液使他们的性格呈现出某种格外偏执的状态,譬如贪婪、嫉妒等等。这种人性的扭曲成为琼生喜剧的主要嘲讽对象。琼生最成熟的喜剧《伏尔蓬涅》(*Volpone*, 1605)尖锐地讽刺了社会上的贪婪之风。威尼斯富翁伏尔蓬涅(意为"狐狸")贪婪成性又诡计多端。他在仆人莫斯卡(意为"苍蝇")的帮助下,假装病危,诱使同样贪婪的朋友们竞相上门送礼。有人甚至不惜送上妻子来讨好,以期成为他的遗产继承人。他的另一名作《炼金术士》(*The Alchemist*, 1610)也同样是以喜剧形式揭露充斥于各个阶层的拜金主义和道德混乱。故事发生在伦敦,某位房舍主人到乡下去躲避瘟疫,仆人便把房子租给一个妓女和一个谎称能点石成金的骗子,三人合伙骗人钱财。房主回来后真相大白,然而道德秩序却进一步被颠覆:房主设法让骗人者逃脱了法律的惩罚,

《炼金术士》剧照

而自己则乐享其成，将骗子们的不义之财收入囊中。

　　罕见的琼生的确有不少罕见之处：在喜剧创作上，他一反当时浪漫喜剧的时尚，对社会罪恶极尽讽刺之能。在戏剧理论方面，琼生大力倡导古典戏剧理论，主张遵从古典戏剧的"三一律"，对17、18世纪新古典主义的形成有很大影响。但琼生的气质喜剧在角色塑造上有类型化、脸谱化之嫌，在结构上过分遵循古典戏剧原则，显得不够灵活。而作为当时的文坛领袖，琼生也不满于莎士比亚的自由发挥，譬如打破三一律、糅合悲喜剧元素等，曾直言批评其学养不够。尽管如此，琼生对莎士比亚卓越的才华却不掩激赏之情，盛赞他是"一个超越时代的伟大诗人！"

二、　威廉·莎士比亚

莎士比亚

威廉·莎士比亚（William Shakespeare, 1564—1616）出生于英国中部艾汶河畔的斯特拉福镇。莎士比亚的父亲约翰是一位富裕的羊毛制品商，还曾一度担任镇长，后来因家道中落退出镇议会。莎士比亚少年时就读于当地一所出色的文法学校，打下了一定的拉丁文和希腊文基础。1582年，18岁的莎士比亚与比他大8岁的安妮·哈瑟维结婚，婚后生了三个孩子。1585—1592这七年是莎士比亚生平资料的空白期，关于这期间莎士比亚的行踪有不少传说逸闻，其中最流行的说法是他偷猎了乡绅路西爵士的鹿，为避免诉讼而于1587年逃遁到伦敦。

　　1592年莎士比亚的名字重新出现在大学才子罗伯特·格林所写的一本小册子里。格林讥讽杂工出身的莎士比亚妄图在戏剧创作上与大学才子们一争短长。很显然，此时的莎士比亚已经在伦敦戏剧界崭露头角，据传他是从剧场外的看马人做起，逐渐成为演员并涉足戏剧创作的。莎士比亚供职于"内务大臣剧团"，该剧团后更名为"国王剧团"。他每年为剧团提供一到两个剧本，后来成为股东之一。1597年，莎士比亚在家乡买下一所大房子并于1610年退隐于此。1616年4月23日，莎士比亚在52岁生日当天病逝。

　　莎士比亚一生共创作了37部戏剧和154首十四行诗。他的写作生涯大致可

第二章 文艺复兴与莎士比亚(1485—1616)

分为三个阶段。第一阶段大约是从1590到1600年。莎士比亚在此期间写了22部戏剧,其中最著名的是五部历史剧:《理查三世》(*Richard III*, 1592)、《亨利四世》(上、下)(*Henry IV, Part I and Part II*, 1597)、《亨利五世》(*Henry V*, 1598)和《裘力斯·凯撒》(*Julius Caesar*, 1599);五部喜剧:《仲夏夜之梦》(*A Mid-Summer Night's Dream*, 1595)、《威尼斯商人》(*The Merchant of Venice*, 1596)、《无事生非》(*Much Ado about Nothing*, 1598)、《皆大欢喜》(*As You Like It*, 1599)和《第十二夜》(*The Twelfth Night*, 1600);还有一部爱情悲剧《罗密欧与朱丽叶》(*Romeo and Juliet*, 1594)。

1601年至1608年是莎士比亚创作的成熟期。这一时期的主要成就是四大悲剧《哈姆雷特》(*Hamlet*, 1601)、《奥瑟罗》(*Othello*, 1604)、《李尔王》(*King Lear*, 1605)、《麦克白》(*Macbeth*, 1605)。

莎士比亚创作的第三阶段是从1608到1612年。他在这一时期创作了四部浪漫传奇剧。其中最著名的是《冬天的故事》(*The Winter's Tale*, 1610)和《暴风雨》(*The Tempest*, 1611)。

莎士比亚的十四行诗也不乏佳作,并且风格自成一体,被称为"莎士比

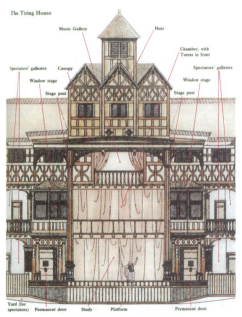

莎士比亚的环球剧院结构图

莎士比亚环球剧院俯瞰图

体十四行诗"。此外莎士比亚还写过一些叙事诗,其中长诗《维纳斯与阿都尼》(*Venus and Adonis*, 1593) 和《鲁克丽丝受辱记》(*The Rape of Lucrece*, 1594) 都很受欢迎。

莎士比亚是英国乃至整个欧洲文艺复兴时期最伟大的作家。他的作品虽然在艺术成就上各有高低,但每一部都有其独特的光芒。由于篇幅所限,这里只能简单介绍一下莎士比亚作品中最杰出的一部喜剧、一部悲剧、一部浪漫传奇剧和一首十四行诗。

喜剧:在西方古典文学传统中,喜剧的艺术性和文学地位要远远低于史诗和悲剧。古典喜剧只是一种轻松的娱乐,大都是以社会底层人物为笑料的滑稽闹剧。但到了莎士比亚时代,喜剧已经突破了早期闹剧的局限。以莎士比亚为代表的优秀剧作家们不仅在三一律的运用上更加灵活,而且开始大胆地将喜剧与悲剧元素糅合在一起,编写出内涵丰富的"悲喜剧"。莎士比亚的悲喜剧又被评论家们称为"社会问题剧"。其中的代表作是《威尼斯商人》和《一报还一报》(*Measure for Measure*, 1604)。下面将简单介绍问题剧《威尼斯商人》。

安东尼奥是威尼斯很有名望的商人,他为了帮助好友巴萨尼奥向富家女鲍西娅求婚,被迫向高利贷者、犹太人夏洛克借贷。夏洛克对一贯蔑视他的基督徒安东尼奥怀恨已久,借机立下一个恶毒的契约:如若逾期不还,他就要在安东尼奥胸脯上割下一磅肉抵债。巴萨尼奥赢得了鲍西娅的爱,安东尼奥的商船却未按期归来,他必须履行残酷的契约。在任何变通办法都不奏效的情况下,鲍西娅女扮男装以律师身份在法庭上击败夏洛克,最后夏洛克不仅失掉了全部财产,还被迫放弃他的犹太教信仰成为基督徒。对于主人公安东尼奥和他的朋友们,这无疑是一个完美的喜剧结局。莎士比亚也旨在透过此剧赞美安东尼奥所代表的忠诚友爱与牺牲精神。但与此同时,此剧也从另一个侧面揭示了犹太人在基督教世界里的悲惨处境。夏

《威尼斯商人》插画:鲍西娅与夏洛克

第二章 文艺复兴与莎士比亚（1485—1616）

洛克尽管富甲一方却处处遭人鄙视恶待，受尽屈辱，因为他是一个"犹太狗"。安东尼奥就常常无缘无故地当众羞辱他、唾骂他。这也是夏洛克之所以如此逼迫安东尼奥的原因：他痛恨安东尼奥所代表的主流社会和这个社会自以为是的价值观。所以尽管夏洛克品性自私狡诈，惹人厌憎，但他那些针对种族歧视的悲愤独白和申诉还是直指人心，极富社会讽刺的锐利与痛切。对于夏洛克来说，故事的结局显然是个悲剧。如果我们把《威尼斯商人》当作单纯的喜剧来看待，就抹煞了它折射悲剧性社会现实的另一重深意。

悲剧：当我们谈到莎士比亚的悲剧时，通常所指的是他在创作成熟期所写就的《哈姆雷特》、《奥瑟罗》、《李尔王》和《麦克白》这四大经典悲剧。当然，莎士比亚早年推出的《罗密欧与朱丽叶》无疑也是一出非常动人的悲剧，然而与四大悲剧相比，这出浪漫爱情悲剧在主题的深度和厚重感上都稍逊一筹。

李尔王与三个女儿

《哈姆雷特》是四大悲剧中最引人热议的一部。丹麦王子哈姆雷特从德国回国奔父丧，看到的是一个颠倒错位的宫廷世界：叔父克劳迪斯已攫取王位，群臣争相献媚，连丧夫不足两月的母后也已琵琶别抱，改嫁新君为后。正当哈姆雷特痛苦不堪之际，父亲的鬼魂出现，告诉儿子自己被克劳迪斯毒死的真相，要求哈姆雷特为父报仇。这个故事本身并不复杂，而且早有几种不同版本流传，但在莎士比亚笔下，哈姆

麦克白夫妇

《哈姆雷特》剧照

哈姆雷特与掘墓人

雷特对复仇的非常规处理方式却使这个简单的复仇剧变得复杂多维起来。在最初的激动过后，哈姆雷特并没有马上采取行动实施复仇，而是陷入了痛苦纠结的形而上思索中。在犹疑不决之际，他一面装疯卖傻应对新王的监视，一面趁戏班进宫演戏的机会，改编上演了杀兄旧戏来试探叔父。克劳迪斯的仓惶退场证实了父亲亡魂的指控。但此后哈姆雷特还是没有雷厉风行地报仇雪恨，他的一再延宕反而让很多无辜的人丢掉了性命。首先在母亲卧室里，他误将在帷幕后偷听的大臣波洛涅斯当作克劳迪斯刺死。克劳迪斯趁机遣送哈姆雷特去英国，安排了借刀杀人计。脱逃回国后哈姆雷特得知自己的恋人——波洛涅斯的女儿奥菲莉娅——已经在这一连串的打击下发了疯，并于不久前溺水而死。接着奥菲莉娅的哥哥雷欧提斯在奸王的挑唆下向哈姆雷特挑起决斗。决斗开始前哈姆雷特的母亲误饮了克劳迪斯为哈姆雷特预备的致命毒酒。哈姆雷特在决斗中给了雷欧提斯致命一击，自己也中了毒剑，但终于在死前刺死了克劳迪斯，与敌人同归于尽。

哈姆雷特在剧中放过了不少杀死克劳迪斯的良机。他的这种"延宕"之谜成为学界最热议的话题。18世纪散文家塞缪尔·约翰逊不喜欢这部悲剧，他认为这种剧情设计非常不合理也没有必要，而且哈姆雷特本人也过于残忍：他不肯在克劳迪斯祷告的时候杀死他是因为他希望克劳迪斯死后下地狱！歌德则认为哈姆雷特延宕的原因在于他是一个人文主义者和审慎深刻的思想者，总是渴望确认行为的正确性和终极价值，因而迟于行动。歌德的见解得到了大多数人的认同。但到了20世纪，随着新的文艺理论问世，又有人推出了一种弗洛伊德式的解读，认为哈姆雷特的延宕源于他的俄狄浦斯情结。换言之，哈姆雷特暗怀恋母情结并在潜意识里憎恶他的父亲，因此他在无意识中也希望父亲死掉，而克劳迪斯代替他实现了这一隐愿,所以哈姆雷特不愿意杀死他。也有人认为哈姆雷特并不是一个纯粹的人文主义者,他那种形而上的思维方式和对终极价值的执着在很大程度上是一种宗教哲学气质;相反,敏于行动的雷欧提斯和克劳迪斯反而代表了早期人文主义潮流中的两极:血气方刚的感性冲动和马基雅维利式精明冷酷的理性计算。除了种种关于哈姆雷特"延宕"之谜的争论外,还有很多其他的推论和猜测,甚至有人认为此剧不是莎士比亚所写,因为他没有受过高等教育,不可能写出这么伟大的悲剧。但大多数人都相信莎士比亚是位旷世奇才,对这样的疑虑不感兴趣。

浪漫传奇剧:《暴风雨》是莎士比亚创作晚期的代表作。在15世纪意大利北部的米兰,公爵普洛斯彼罗的弟弟安东尼奥在那不勒斯国王的帮助下篡夺了爵位,并将普洛斯彼罗和他三岁的小公主米兰达流放到一个荒岛。懂法术的普洛斯彼罗用魔法辖管住岛上半人半妖的怪物凯力班,收服了精灵艾瑞儿,成了荒岛的主人。12年来普洛斯彼罗在岛上不断地修习魔法,终于成功地在海上兴起风浪,把他弟弟和那不勒斯国王及王子所乘的船摄至岛上。通过一系列精心安排,普洛斯彼罗让恶人们受到了教育。待安东尼奥痛改前非后,普洛斯彼罗饶恕了他,兄弟和解,而米兰达也和那不勒斯王子费迪南倾心相爱。最终,普洛斯彼罗恢复爵位,米兰达与王子结婚,众人一同回到意大利,艾瑞儿和凯力班也得到了自由。一场类似《哈姆雷特》的政治风暴在正义力量的宽恕和感化中终于风平浪静。

在他的历史剧和四大悲剧中,莎士比亚用现实主义手法成功地描绘了不同政治集团之间残酷血腥的权力斗争。然而在《暴风雨》中,观众看不到狂暴的血雨腥风和让人不寒而栗的罪恶。普洛斯彼罗只是给他弟弟上了一堂生动的道德思想课,就顺利地以和平方式使米兰社会重回正轨。但这种和平方式的成功必须依赖魔法和超自然力量的帮助。显然,莎士比亚在写出了那么多充满

《暴风雨》剧照:公爵与凯力班

《暴风雨》中的米兰达

张力的权力斗争剧之后，已经对这种血腥的社会现实感到厌倦了。在他写作生涯的最后阶段，他选择用寓言和童话式浪漫传奇的方式表达自己对人类世界的美好愿望，因为没有人比他更清楚：想要单凭人类自身的力量来实现一个和谐的清平世界有多么困难，或者更准确地说，有多么无望。

评论界对《暴风雨》还有一种后现代的解读方式。评论者依据后殖民主义理论，认为普洛斯彼罗对荒岛实施的是一种殖民统治。他代表的是一种更发达的经济和"科技"文明。并凭借这种优势剥夺了原住民凯力班的土地和自主权。

十四行诗：莎士比亚不仅是一位伟大的剧作家，同时也是一位杰出的诗人。他传世的154首十四行诗可以按照内容划分为两大类。前126首写给一个尊贵的美少年，莎士比亚在诗中表达了对这位挚友的爱慕，并劝他结婚生子以使他的美留存于世，但同时又表示只有爱情和诗歌才能对抗时间对美的销蚀。127~152首十四行诗致一位黑肤女子，这个神秘的女子性感迷人，水性杨花，诗人对她的情感很矛盾：既厌恨排斥又深受吸引。153和154首是仿希腊诗歌的寓言诗。这154首诗各自独立，但大都围绕友谊或爱情主题抒发情感，表达对真善美的渴慕。

莎士比亚对十四行诗这一体裁最重要的贡献在于他开创了一种新的韵律格式。他将意大利和英国早期十四行诗四、四、三、三的编排改为四、四、四、

第二章 文艺复兴与莎士比亚(1485—1616)

二,前三组四行诗切入主题并细细铺陈,最后两行用对句的形式点出全诗的精义。于是韵脚格式就变成:abab, cdcd, efef, gg。这种独特的起承转合可以更好地体现思想和情感的层次,后人把这种十四行诗形式称为"莎士比亚十四行诗"(the Shakespearean sonnet)。以其中最著名的第18首(Sonnet 18)为例,在前12行中诗人将他深爱的美少年与璀璨的夏日相比较,盛赞挚友的秀雅风姿"比夏日更可爱温存",并且宣称:尽管世间"一切优美形象不免褪色,偶然摧折或自然地老去",少年的绝世芳华却可以"永生于不朽诗篇"。在最后两行对句中,诗人再次强调艺术与美的共生性和超越性:"只要人能呼吸眼不盲,这诗和你将千秋流芳!"

莎士比亚是世界文学的奇迹。他的剧作在境界和才华上超越了文艺复兴时期的一般作家,对戏剧和整个欧洲文学的发展居功至伟。正如塞缪尔·约翰逊所说,莎士比亚就像一座繁茂的大森林,为后世读者呈现出数不尽的奇观异景,探不完的宝藏奇珍。

第三章

17世纪文学
(1616—1688)

第三章 17世纪文学(1616—1688)

在英国历史上,17世纪是一个风起云涌、跌宕起伏的年代。女王伊丽莎白一世没有子嗣,于是在1603年随着伊丽莎白的去世,都铎王朝落幕,女王的侄儿苏格兰国王詹姆士一世登上了英国王位,开始了斯图亚特王朝的统治。与此同时,商业和贸易的蓬勃发展已经改变了资产阶级与封建贵族之间的力量对比,资产阶级与代表贵族利益的君主之间开始由合作转向敌对。这种经济和政治利益的冲突在1625年查理一世即位后进一步激化。资产阶级要求实现自由贸易,而国王

伦敦俯瞰图

不仅垄断专卖权,征收高额商业税,甚至干脆解散议会,独行其是。1640年,迫于军费需要,查理一世不得不重新召集议会。资产阶级代表们趁机提交《大抗议书》,抨击国王的专制统治,要求扩大商贸自由。议会的要求得到了市民的广泛支持,1642年查理一世逃离伦敦,准备集结军队实行武力镇压,内战爆发。1649年,克伦威尔领导的议会军队终于击败王室军队,将查理一世送上断头台。

这场声势浩大的内战成为英国资产阶级革命的高潮。而它同时也是一场"清教革命",因为起义的资产阶级革命者们大都是坚持改革国教的清教徒。所谓清教徒(Puritans),指的是一群拒绝接受英国国教教义的基督徒,他们认为英国国教偏离了《圣经》精义和正统的基督教精神,需要被"净化"(purify)。清教徒们以《圣经》为依据反对政教合一,反对从天主教沿袭而来的繁琐的敬拜仪式和等级制度,强调人在精神层面的平等独立,主张持守信仰的纯粹性和道德自律。从社会构成上看,清教徒们大都是中下层资产者:零售商、个体贸易商、中小店主和手工艺者等。他们是新兴资产阶级的主体力量,而当时的英国国教在很大程度上则是君主利益的代表。国王和国教对清教徒的迫害也是引发内战的一个重要原因,因此英国资产阶级革命在西方也常被

克伦威尔

称作"清教革命"。

1653年,克伦威尔自封为护国公,开始实行军事独裁统治。大权独揽的克伦威尔掉转枪口,严酷镇压代表少地无地农民利益的"掘地派"和要求政治民主与司法公正的激进清教徒"平等派",同时还加强了对爱尔兰的军事高压统治。克伦威尔死后,为避免爆发第二次内战,议会于1660年迎立查理一世之子复位,是为查理二世,英国就此进入王朝复辟时期(1660—1688)。

查理二世将法国宫廷文化风尚带回英国,革命时期大量关闭的剧院重新开张,戏剧业再次繁荣起来。而与此同时,天主教势力也开始抬头。表面宣称是新教徒的查理二世内心其实更推崇天主教,而他指定的继任者詹姆士二世更是一个坚定的天主教徒。继位伊始,詹姆士二世就着手安排大量天主教徒担任重要官职,打压新教教会和清教徒。议会忍无可忍,于1688年发动政变,废黜詹姆士二世,从荷兰邀请他的女婿奥兰治亲王威廉和其妻玛丽来英国共同执政,称为威廉三世和玛丽二世。这场非暴力宫廷政变史称"光荣革命"。威廉三世接受并签署了议会提出的限制君权的《权利法案》,自此,英国终于确立起真正的君主立宪政体。

一、 17世纪文学概貌

I. 戏剧:康格里夫与复辟时期戏剧

莎士比亚之后,英国戏剧的黄金时代结束了。弥尔顿的史诗取代了戏剧成为17世纪最辉煌的文学成就。从1642年清教徒关闭剧院到复辟后3个月剧院开演,英国剧坛沉寂了18年。但随着复辟时期的到来,不少剧作家开始致力于编写一种新式喜剧。这类喜剧将法国上流社会情调与诙谐俏皮的英式语言相结合,以轻松的笔触来反映英国上流社会的生活风尚。复辟时期戏剧最常见的主题是上层社会已婚和未婚男女之间的情爱纠葛,情节复杂精巧但往往格调不高,局限于人物间的风流艳事和勾心斗角,缺乏严肃的道德意识。

复辟时期主要的剧作家有乔治·埃思里奇(George Etherege)、威廉·威彻利(William Wycherley)和威廉·康格里夫。**威廉·康格里夫(William Congreve, 1670—1729)** 是三人中成就最高的。1695年,他的名剧《以爱还爱》(*Love for Love*)

17世纪的酒宴

在伦敦上演,轰动全城。该剧在描写男女情爱关系的同时,也触及了财产继承等社会现实问题,隐然有本·琼生社会讽刺喜剧的风范。《如此世道》(*The Way of the World*, 1700)是康格里夫本人和复辟时期喜剧的巅峰之作。该剧将男女在爱情和婚姻中的不同处境与复杂心态刻画得入木三分,语言锋利、机智却不失优雅,不仅没有任何低俗情节或对白,还有明晰正面的道德基调。就这一点而言,康格里夫的喜剧比任何其他复辟时期的喜剧作品都更接近18世纪的"社会风俗喜剧"。

威廉·康格里夫

《如此世道》剧照

II. 散文：《英王钦定版圣经》与培根随笔

17世纪是散文写作空前繁盛的年代。各种政治宣传小册子成为这个动荡年代最常见的散文作品。掘地派领袖杰拉德·温斯坦利和平等派领袖约翰·利尔本都是很出色的宣传册作家，作品雄辩有力，充满激情。然而就艺术价值和长久影响力而言，这一时期最优秀的散文作品却并不是这些政治宣传册，而应首推1611年出版的**《英王钦定版圣经》**（*King James Bible*）。圣经文化与希罗文化被公认为是西方文明的两大源泉。作为基督教圣典，《圣经》包含《旧约》（*Old Testament*）与《新约》（*New Testament*）两大部分。所谓"约"，指的是上帝与人之间所订立的圣约。旧约完成于耶稣降生前四百多年，而新约则始于耶稣受难之后。旧约39卷书是由三十多位身份、年代各异的作者分别以希伯来文为主写成的（其中有一小部分用亚兰语），后译为希腊文和拉丁文。旧约同时也是犹太教的圣书，包含律法书（摩西五经）、历史书、先知书和诗文集四部分。而新约则是公元1世纪期间陆续由耶稣的门徒们以希腊文写成的，后译为拉丁文，主要记述圣子耶稣的生平事迹和信仰教导。基督教和犹太教的根本分歧就在于是否接受耶稣的弥赛亚身份（Messiah，《旧约》中预言的救世主）和他受难复活所成就的新的救赎之约。英国早在公元7世纪就实现了基督教化，但直到14世纪末才由著名的改革派神学家约翰·威克利夫翻译出第一部完整的英文《圣经》。而迄今为止公认最为经典的译本则是1611年推出的《英王钦定版圣经》。1604年，詹姆士一世为协调清教徒与圣公会之间的矛盾在汉普顿宫召开宗教会议，决定翻译一本新版英文圣经。从1604年到1611年，54位顶尖的神学家和语言学家皓首穷经、通力合作，穷七年之功完成了这本著名的"钦定版"《圣经》。由于译者们力求在语义和文风上忠实于希腊和希伯来原文，译文精确古雅，多少世纪以来，《英王钦定版圣经》始终是最受读者爱戴的一部译本。相对于17世纪早期流行的繁复文风，这本《圣经》用

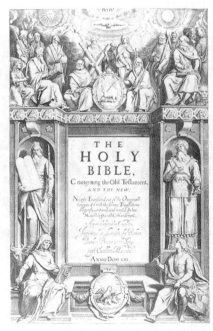

《英王钦定版圣经》初版封面

词洗练简洁,句式平衡富有节奏,给人一种"庄严的质朴感",被誉为"英文散文史上震古烁今的杰作"。因而与一般的宗教典籍不同,《英王钦定版圣经》的影响力超越了宗教范畴,对后世一代又一代的英美作家产生了至为深远的影响。

除了这部《圣经》译本之外,17世纪还出现了一位优秀的随笔作家:**弗兰西斯·培根(Francis Bacon, 1561—1626)**。培根出身贵族,其父尼古拉斯·培根爵士是伊丽莎白女王的掌玺大臣。培根12岁入读剑桥,两年后转入格雷律师学院。1582年培根成为从业律师并在不久后当选为国会议员,深受当红重臣埃塞克斯伯爵赏识。1601年,失势的埃塞克斯伯爵以叛国罪名入狱受审。培根接手该案,帮助皇家法庭将伯爵定罪

弗兰西斯·培根

并送上断头台,又不惜矫笔起草伯爵的罪状。此后培根升迁顺利,在1607—1618年间,从审判长、总检察长、掌玺大臣一路晋升至英国大法官。1621年大法官培根被指控"贪贿渎职",英王迫于议会压力将其撤职囚入伦敦塔。虽然几天后就获释,培根的仕途已然画上句号。官场失意的培根转而将全副精力投入到文学写作和科学实验中,直到1621年在一次户外实验中受寒去世。

培根由于"卖友"和"贪贿"在品格上饱受非议,但他在文学、哲学和科学实践这三大领域的成就却可圈可点。作为哲学家,培根高举工具理性,反对中世纪的迷信思想和墨守成规的经院哲学,强调经验和实践的重要性,被誉为"英国唯物主义的鼻祖"。而培根本人也是现代应用科学的先行者。培根在其哲学著作《学术的进展》(*The Advancement of Learning*, 1605)中列举并分析了修辞学、经院哲学等几大人类知识发展的主要障碍,并在《新工具》(*New Instrument*, 1620)一书中提出应以归纳法取代演绎法作为科学研究的主要方法。培根还藉小说《新大西岛》(*The New Atlantis*, 1626)表达了他实现新科学的具体设想。在这个科技的"乌托邦"岛上,有一所完美的科研机关——"所罗门院",人们在这里以实验的方法研究自然,提高人类征服自然的能力。

培根对英国文学的主要贡献在于他的随笔。随笔是法国散文家蒙田首创的

文学体裁，培根采用了这一新式散文体，但却自创了一种截然不同的英式随笔风格：简洁有力、精辟条理，语调冷静客观。培根的随笔题材广泛，内容多是实用的处世智慧和社会政经现象，如《论学问》、《论结婚与单身》、《论殖民地》、《论财富》等等。培根的随笔集《随笔》（*Essays*）发表于1625年，共收录了58篇随笔，这是第一本英语随笔集，也是英国散文发展史上的一个重要里程碑。

III. 诗歌：玄学派与骑士派诗人

17世纪初年，英国诗坛盛行两大流派："玄学派"和"骑士派"。这两股诗歌潮流都是从16世纪末开始，兴盛于17世纪前期尤其是查理一世当政期间，对17世纪以及以后的诗歌创作有很大的影响。

玄学派（**The Metaphysical Poets**）指的是以诗人约翰·多恩为代表的、诗歌风格相似的一批诗人，包括乔治·赫伯特（George Herbert, 1593—1633）和安德鲁·马维尔（Andrew Marvell, 1621—1678）等。"玄学派诗人"一名最初是约翰·德莱顿给多恩的一个贬义评语，后为塞缪尔·约翰逊所采用，并进一步指出这派诗人的"才趣"就在于"把截然不同的意象结合在一起，从外表迥然不同的事物中发现隐藏的相似点"。的确，玄学派的诗作更侧重于智趣而非情趣，以独具匠心的暗喻（metaphor）和玄妙大胆的奇想（conceit）见长，乐于以辩证的方式从科学、哲学、神学和各种生活细节中摄取新奇怪诞的意象。玄学派诗人认为世间万物无论怎样形姿各异，或者看上去是多么的风牛马不相及，实际上都统一于造物主，因而也就具有一种潜在的相似性。爱情、死亡和宗教信仰是玄学派诗歌的三大主题，反应出诗人们在动荡年代的各种复杂心态。由于玄学派的写作方式一反传统诗歌的"和谐"标准，乍读之下常有不伦不类的怪异感，因而这些诗作在崇尚雅致文风的复辟时期和18世纪都不受欢迎。直到T. S. 艾略特在1921年发表"玄学派诗人"一文，才在文学界激起研读玄学派诗作的热

约翰·多恩

潮。艾略特在文中指出：约翰·多恩等玄学派诗人的作品与许多著名现代派诗人的风格非常接近，具有超越时代的特殊价值。

玄学派的代表诗人**约翰·多恩**（**John Donne, 1572—1631**）出身于一个富裕而虔诚的天主教家庭。多恩一生颇具传奇色彩，他的创作与他的人生经历相呼应，大致可以分为三个阶段。年轻时代的多恩是一个风流公子，四方游历、到处留情，写下很多讽刺性爱情诗，对于女人的品性和爱情本身的价值都持一种调侃的否定态度。《去吧，去抓住一颗流星》（"Go, and Catch a Falling Star"）是这一时期的代表作。多恩在诗中列举"捉一颗流星"、"让何首乌怀孕"等一系列匪夷所思的挑战，意在讽喻女人的水性杨花：要找到一个美丽又贞洁的女人就像实现这些离奇的任务一样绝无可能。1597年多恩成为当时掌玺大臣的秘书，后与掌玺大臣的内侄女安妮·莫尔相识相爱。1601年二人私奔，多恩为此被短期监禁，夫妻二人过了15年之久的贫苦生活，但情意甚笃。与安妮的真心相爱改变了多恩作品的主题，多恩为安妮写下了很多情深意切的爱情诗。《追封为圣》（"The Canonization"）和《别离辞·莫悲伤》（"A Valediction: Forbidding Mourning"）都是这一时期的佳作。多恩与安妮结婚时改信了新教，1615年他在詹姆士一世的要求下接受圣公会的圣职，成为当时最著名的布道家之一。1621年多恩就任伦敦圣保罗大教堂的主任牧师，任该职直到病逝。多恩改宗后写下了许多宗教诗，将信心与疑惧、理性分析与情感迸发奇特地混合在一起，代表作有《圣十四行诗》等。多恩还有很多讲道文传世，海明威的小说《丧钟为谁而鸣》题目就引自多恩著名的《紧急时刻的祷告》第17章："任何人的死亡都使我受到损失，因为我包孕在人类之中。所以别去打听丧钟为

圣保罗大教堂

谁而鸣。它为你敲响。"

骑士派诗人（The Cavalier Poets） 指一批追随本·琼生古典诗风的贵族青年诗人。琼生受过古典文学教育，他的抒情诗富有收敛整饬的古典美。《致西丽娅》（"Song, to Celia", 1616）就是一首著名的爱情诗。罗伯特·赫立克（Robert Herrick, 1591—1674）、托马斯·卡鲁（Thomas Carew, 1595—1639）、约翰·萨克金（John Suckling, 1609—1642）、理查德·勒甫雷斯（Richard Lovelace, 1618—1657）等被称作"本·琼生之子"的年轻保王派诗人都同样擅长抒写这种流畅优美的爱情诗。他们沿循16世纪下半叶宫廷诗歌传统，以爱情为题材，反映贵族阶级的生活情调。骑士派诗作在17世纪早期和复辟时期都很流行。但在悦耳的音韵和及时行乐的主题背后已隐隐透出末世之音。像赫立克的《致少女》（"To the Virgins, to Make Much of Time", 1648）就呈现出这种典型的骑士派人生观："玫瑰堪折君须折，时光飞逝不停歇；/今日盈盈花枝俏，明朝已做落红飘。"

IV. 文艺理论：德莱顿与新古典主义（Neo-Classicism）的萌芽

早在17世纪初，新古典主义艺术流派便开始在法国文坛兴起。这个流派的作家们到古希腊和罗马古典文学著作中寻找文学创作的典范和理论根据，推崇简洁、洗练、明朗、精确的文风，理性的表达方式和清晰的体裁界限与规范。从人的主体性来看,新古典主义是对文艺复兴时期人性狂欢的一种矫正和回敛。当复辟王朝从法国归来，这种新古典主义思潮也随之被引入英国。结合英国文学自身已具有的对"优雅的质朴感"的追求，新古典主义也开始在英国形成。它的创始者是当时复辟时期文坛上的权威人物——约翰·德莱顿。

约翰·德莱顿（John Dryden, 1631—1700） 出身于一个富裕的清教徒家庭，在威斯敏斯特公学接受了良好的古典文学教育。1654年于剑桥大学毕业后，德莱顿定居伦敦并供职于克伦威尔政府。德莱顿一生曾多次改变自己的宗教和政治立场。他早年热心支持清教革命。1659年，他为克伦威尔写了悼亡诗，但一年后政局陡变，他又加入保王党，拥护英国国教，并写诗庆贺斯图亚特王朝的复辟。1668年，频繁为查理斯二世歌功颂德的德莱顿被授予"桂冠诗人"称号。当笃信天主教的詹姆士二世即位后，德莱顿又放弃英国国教，追随新王转信天主教。光荣革命后，德莱顿保留了天主教信仰，因此失去了桂冠和官职，靠写作为生。他逝世时恰好是17世纪结束的那年。后人对德莱顿的善变多有非议，但塞缪尔·约翰逊为之辩护说，"如果说德莱顿善变，他也只不过是在跟着整个英国一起变。"

德莱顿是英国新古典主义最早的倡导者和实践者。他的文学天赋是多层面的，既是诗人、戏剧家，又是文学批评家和翻译家。作为诗人，德莱顿发展完善了英雄

约翰·德莱顿

双韵体（heroic couplet）这一诗歌体裁，使之更符合新古典主义"严谨、精确、优雅"的文学理念。德莱顿的诗作主要以讽刺诗著称。他的政治讽刺诗《押沙龙和亚希多弗》（*Absalom and Achitophel*, 1681）借用了一段《圣经·旧约》故事：大卫王的三子，俊美英武的押沙龙听从侍臣亚希多弗的煽动，兴兵反叛父亲，结果战败而死。德莱顿借这段家喻户晓的《圣经》故事影射沙夫茨伯里伯爵的"变天"图谋——伯爵想拥立信奉新教的蒙茅斯公爵做查理二世的王储并支持蒙茅斯叛乱。抛开该诗的政治性不论，其艺术成就可圈可点，尤其是对亚希多弗的刻画十分辛辣生动，可谓是在蒲伯之前对英雄双韵体最精彩的发挥。

德莱顿本人最热衷于悲剧写作，但他的悲剧作品并没有他自己想象中那样出色。实际上，德莱顿对英国文学最重要的贡献在于他的文学批评。他在《论戏剧诗》（*Of Dramatic Poesie*, 1668）一文中采用对话形式，借四位泛舟泰晤士河的友人之口讨论英国与法国、古代与现代诗剧各自的优劣。在阐述新古典主义戏剧原则的同时，德莱顿也表现出对英国本土戏剧的偏爱。他盛赞莎士比亚和本·琼生等人的艺术成就，并热情地为英国剧作家们的革新之举辩护。譬如，他赞同莎士比亚对三一律的灵活掌握和适度突破，这一观点实际上是与法国新古典主义的主张相违背的。可以说，德莱顿既是新古典主义的拥护者，又不乏超越新古典主义局限的前瞻性眼光。他的文学主张对于18世纪的蒲柏和约翰逊产生了很大的影响，也为他赢得了"英国文学批评之父"的美誉。

二、清教徒作家：弥尔顿与班扬

无论是复辟戏剧，还是玄学派与骑士派诗作都没有直接反映动荡的革命时代，这些剧作家和诗人们在作品中刻意远离政治、逃避现实。而德莱顿的政治讽刺诗也局限于复辟王朝下党派和个人之间的纷争。相比之下，17世纪最伟大的两位作家：清教诗人弥尔顿和小说家班扬则为世人呈现了更富于革命时代气息的宏篇巨著。

约翰·弥尔顿

约翰·弥尔顿（John Milton, 1608—1674）可以说是英国历史上最伟大的史诗诗人。他出生于伦敦富裕的清教资产者家庭。父亲是公证人，也是一位小有名气的作曲家，具有较高的文化修养。弥尔顿少年时代就读于圣保罗公学，接受希腊和拉丁文教育，同时还有家庭教师单独教导。1625弥尔顿考入剑桥大学基督学院，1632年获得硕士学位。毕业后弥尔顿没有按照家人期望去担任神职，而是退隐到父亲在霍尔顿的乡间别墅里，刻苦研读古典文学，博览群书，致力于做一名杰出的诗人。1638年弥尔顿到欧洲大陆游学，在意大利的佛罗伦萨曾与学者伽利略晤面，并参加过许多座谈和辩论活动。1639年国内政治形势的发展促使他中断旅行提前回国，从此弥尔顿的生活和创作都与英国清教革命的脉搏紧紧联系在一起了。他的创作轨迹也因此可以分为三个阶段：革命之前（1625—1640年）、革命时期（1640—1660）和复辟时期（1660—1671）。

在投身革命之前，弥尔顿已经有不少中短篇诗作问世，其中姊妹诗篇《快乐的人》（"L'Allegro"，1632）和《幽思的人》（"Il Penseroso"，1632）是他早年诗作的代表，也是他内心世界的折射。这两首诗将青年人无忧无虑的愉悦心情与陷入宗教哲思的"神圣的忧郁"相对照，表现出年轻诗人内心两种不同的精神诉求：一面是作为人文主义继承者的欢快精神，另一面是作为清教徒的严肃沉思态度。在他为溺水早逝的同窗爱德华·金所写的挽诗《利西达斯》（"Lycidas"，1637）里，诗人也表现出在追求纯粹艺术理想与关注严酷社会现

第三章 17世纪文学（1616—1688）

实之间的矛盾心绪。

从他返回英国到1660年斯图亚特王朝复辟的20年间，弥尔顿投身清教革命事业，为此牺牲了自己热爱的诗歌创作，转而撰写大量的论述文作为宣传性小册子分发。这些小册子内容广泛，涉及政教分离、信仰自由、婚姻自由和教育改革等许多重要社会生活领域。其中《论教育》（*Of Education*, 1644）反对经院式教育体系，倡导人文主义教育。《为英国人民辩护》（*A Defense of the English People*, 1650）颂扬英国人民为自由而战的勇气，为共和国处决查理一世的合理正义性辩护。《阿瑞帕吉蒂卡》（*Areopagitica, or Speech for the Liberty of Unlicensed Printing*, 1644）是弥尔顿最著名的散文著作，虽然弥尔顿支持议会，但他在文中直言抗议议会1643年颁布的出版物审查法。诗人援引《圣经》原则和希腊、罗马传统为出版自由辩护，认为只有通过自由讨论，人类才能赢得真理的胜利；只有尊重言论自由，议会才能像古雅典最高法院阿瑞帕吉蒂卡那样成为权利平等的保障。全文言词激昂，论证有力，义正词严的宣告荡气回肠："在一切自由之上，给我认识、表达的自由，顺从良心、畅快辩论的自由。"长年的案头工作耗损了弥尔顿的视力，但他不顾医嘱坚持大量阅读和写作，最终于1652年彻底失明。

1660年王朝复辟，弥尔顿被捕入狱，幸因目盲体弱和朋友斡旋而免遭死刑处罚。在著作被焚、财产充公后弥尔顿获释出狱，离开伦敦隐居乡间。此后的年月里，弥尔顿虽然贫病交加，却进入了一生创作的巅峰期。在三个女儿和一些青年人的帮助下，弥尔顿通过口述完成了长篇史诗《失乐园》（*Paradise Lost*, 1665）、《复乐园》（*Paradise Regained*, 1667）和诗体悲剧《力士参孙》（*Samson Agonistes*, 1671）三大巨著，将严肃的清教理念和澎湃的人文主义激情奇妙地结合在一起。

《失乐园》是由12卷书组成的无韵体史诗，取材自《圣经·创世纪》中上帝创造亚当夏娃，二人犯罪堕落失去伊甸乐园的故事。弥尔顿根据自己的神学理念和艺术想象对这个宏大的《圣经》故事进行了再创作。魔鬼撒旦原是天庭的三大天使长之一，因嫉恨上帝将右手边的尊贵宝座赐予圣子而率部反叛，被上帝击败并投入地狱。撒旦发誓要永生永世与上帝为敌，密谋诱使上帝新造的人类背叛上帝，以此作为报复。上帝在天庭中预见到撒旦的阴谋会得逞，圣子主动表示愿意担当人类的罪，为上帝实现救赎人类的计划。上帝派天使拉斐尔来告诫亚当,向他讲述骄矜自大的撒旦反叛上帝的往事和上帝在爱中创世的经过。但意志薄弱的夏娃经受不住撒旦的诱惑偷食了智慧树上的果子。亚当得知后痛苦不堪,几经挣扎,深爱妻子的亚当还是选择了与夏娃一同犯罪。作为上帝在伊甸园指定的唯一禁果,智慧树的果子其实是考验人类对上帝的忠诚与信任度的试金石,同时也喻示着有限的人不能僭越全能上帝的权柄,脱离他的引导去擅断是非善恶。最后,悖逆上帝的亚当、夏娃被逐出伊甸园。全书结尾处,二人手拉手忐忑地站在世界的入口,心中唯一的安慰和盼望是天使长米迦勒所传达的关于人类未来救赎的应许。

弥尔顿在卷首就开宗明义地指出,他写这部史诗是为了向人们"证明上帝对待人类的方式是公义的"。人类堕落受罚是由于滥用了上帝所赋予人的自由意志。但在弘扬基督信仰的同时,诗中也包含了很多人文主义思想,尤其是高举人类的"理性",将人的理性等同于圣灵之光,认为人可以通过正确地运用理性和自由意志而得到新生。其实从某种程度上说,弥尔顿"设身处地"地为上帝辩护这一举动本身就已经把上帝置于人的理性力量之下。弥尔顿笔下的上帝总是滔滔不绝地表白他行事的立场缘由,反而失去了《圣经》中全能主宰那种超越的神秘性和权威感。无怪乎有人说弥尔顿的上帝是"理性的上帝",也是《失乐园》中最不成功的一个角色。

与失败的上帝形象相对,魔鬼撒旦却是全诗中最饱满夺目的角色。虽然弥尔顿在宗教理念和道德原则上对撒旦是坚决否定的,但在塑造这个桀骜不驯的堕落天使时,弥尔顿自己永不妥协的反抗激情显然得到了极大的释放。他极力抨击撒旦为一己私欲反叛上帝的恶行,但又常借撒旦之口表达和肯定革命者们勇于向权威抗争、为自由而战的精神。撒旦在深渊中的呐喊成了《失乐园》中最常被节选的名段:"我们损失了什

《失乐园》插画:堕落天使们

第三章 17世纪文学(1616—1688)

么?/并不是一无所剩:/坚定的意志、热切的复仇心、不灭的憎恨,/以及永不屈服、永不退让的勇气,/难道还有比这些更难战胜的吗?/我这份光荣绝不能被夺走,/不管是他的暴怒,还是威力……若是这时还要卑躬屈膝,/向他乞求哀怜,拜倒在他的权力之下,/那才真正是卑鄙、可耻,/比这次的沉沦还要卑贱!"雪莱曾说弥尔顿是"站在撒旦一边而不自知"。单就弥尔顿塑造撒旦时这种显见的"移情"手法而言,雪莱的点评是很有道理的。革命者和撒旦的确有着相似的反叛激情。但弥尔顿同时也警示我们:这种激情是崇高还是卑劣,则要取决于其根本动机是为了满足私欲还是追求正义。随着情节的推进,撒旦在《失乐园》中的形象越来

《失乐园》插画:亚当、夏娃与魔鬼

越丑恶卑琐,最后完全丧失了天使曾有的美丽,变成一条比癞蛤蟆更丑陋的毒蛇,这也正是弥尔顿心目中那些为私欲搏杀的反叛"英雄"们最真实的灵魂写照。

《复乐园》在标题和故事上都是《失乐园》的续篇,情节来自《新约·路加福音》,写降世为人的圣子耶稣如何在旷野上成功抵御撒旦的各种诱惑,并在得胜后展开福音事工,着手为人类恢复乐园。这首诗延续了弥尔顿特有的雄伟风格和严肃的清教思想,但缺少《失乐园》中蓬勃的激情和张力。

《力士参孙》是弥尔顿最后一部重要著作,这出悲剧取材于《旧约·士师记》。参孙是以色列士师(民族领袖),拥有耶和华上帝所赐的过人神力,可徒手搏狮,以一敌万,但却为美色迷惑,与敌族非利士女子大利拉同居。大利拉套出参孙不可剃发的秘密,将他出卖给非利士人。参孙遭剃发而失去神力,被敌人捉住剜去双目,每日带着枷锁推磨服苦役。剧情开场时,参孙的父亲来劝他与非利士人和解,大利拉来要求和好,他的敌人哈拉发来泄私愤。参孙在痛苦中忏悔自新,同时随着头发重新长出,参孙的力量也开始恢复。当他被敌人

召去为他们的祭神仪式作表演取乐时,参孙撼倒庙宇的支柱,与敌人同归于尽,用这种悲壮的方式完成了他解救以色列人的神赋使命。《力士参孙》是以古希腊悲剧为典范的伟大诗剧,情节紧凑,侧重表现主人公的心理历程。在参孙身上,弥尔顿写出了他失去光明和失去自由的双重痛苦,也寄寓了他内心深处对革命事业复兴的热望。

弥尔顿的三部诗歌巨制通篇采用无韵体诗。弥尔顿喜用长句和倒装,句式具有复杂精美的拉丁文风,很适合表现缜密的逻辑与雄辩力。同时学养深厚的诗人擅于旁征博引,在行文中大量援用古典文学典故,增加了作品的丰富性和厚重感。这种华美丰饶的无韵诗文体与弥尔顿崇高宏大的叙事主题相得益彰,被称为"弥尔顿体"。

弥尔顿是一个坚毅的革命家,也是一位卓越的诗人和出色的散文作家。很多人认为他是英国文学史上唯一可以与莎士比亚相提并论的伟大作家。

如果说弥尔顿是最伟大的清教诗人,那么**约翰·班扬**(John Bunyan, 1628—1688)则无愧为最伟大的清教散文家。约翰·班扬生于英国东部贝德福郡。不同于弥尔顿,班扬出身贫寒,祖父、父亲都是补锅匠,他也没有受过多少正规学校教育,只在当地小学读过书。内战期间,16岁的班扬参加了议会军队,在战火中获得了关于战争的第一手资料。退伍后他与一位穷苦的清教徒女子结婚。结婚之前班扬并不是一个敬虔的基督徒,他在自传中说自己年轻时在当地以爱诅咒和发假誓而臭名昭著。婚后班扬在妻子的影响下开始规律地参加礼拜,并逐渐在信仰上深入。1653年,25岁的班扬加入了一间浸礼会教会(非国教教会),五年后应会众邀请担任牧师并开始讲道。但复辟政府禁止不信奉国教的人自由传教,违反禁令的班扬于1660年被捕并先后被监禁12年,1672年获释后于1676年再次入狱半年。但只要一获自由,班扬就马上重返讲坛,在周边各村之间巡回讲道,直到一次在冒雨服事教民时患重感冒不幸病逝。

班扬

班扬虽然没有受过正规神学教育,却是一个天生的布道家,能巧妙地抓住听众的心,在写作上也同样如此。班扬的代表作《天路历程》(*The Pilgrim's Progress*, 1678)写于狱中,在他第二次出狱后首次出版并大受欢迎,不到一年便卖了三版。《天路历程》是一部写给普通大众看的简单的宗教寓言小说，讲述的是一个信徒从现世到天国的信仰历程。故事以梦境开始。作者叙述他在梦中看见一个衣衫褴褛的人"手里拿着本书，背上捆着个大包袱"，这个人便是名叫基督徒的主人公（代表每一个基督徒），他手里捧的书便是《圣经》，身上背的重负则是他自己的罪。基督徒从《圣经》中得知他所居住的城市"毁灭之城"（象征这个世俗世界）将要覆灭，于是向上天祈求出路。这时一位传道人走来告诉他说他应该离开家乡踏上去"天国之城"（象征天国）的征程。基督徒劝说妻儿、邻居与他同行，却无人听从，于是独自上路，开始了他的天路历程。班扬生动地描写了基督徒在路途中遇到的重重险阻。他先是从"绝望的泥潮"挣扎脱身，又被"世故先生"误导至崇尚刻板律法主义的"道德之村"，在传福音者帮助下才得以重返正道，抵达"窄门"，并在"良善意志"（代表耶稣本人）的引导下进入狭窄笔直的"王者之道"，到达"救赎之地"。在这里，基督徒所背负的罪的包袱终于从他身上滚落，坠入一个敞开的坟墓。而基督徒本人则得到了平安的祝福、新的义袍和天国的护照。焕然一新的基督徒翻越"困难之山"，与其他基督徒团聚在"美丽居"。从"美丽居"得到的盔甲武器帮助基督徒在"屈辱之谷"胜过了巨人亚坡伦。随后，基督徒穿过"死荫幽谷"，遇到同样从"毁灭之城"赶来的乡邻"忠诚"，二人结伴同行来到"名利场"。基督徒和忠诚因不屑于购买名利场里的任何货品而受到审判，"忠诚"被烧死殉道升入天堂。基督徒劫后余生，与从"名利场"出走的新朋友"希望"继续前行，又误入"僻径荒原"，被巨人"绝望"捕获，投入"怀疑之堡"，受尽虐待。巨人"绝望"想让他们自杀，但基督徒终于用"应许之钥"打开重重关锁，二人逃出城堡。最终，他们成功趟过"死亡河"，来到目的地"天国之城"，得享永生。

《天路历程》实际上是用寓言体裁对《圣经》主题和基督教精义做了一番系统生动的介绍。班扬借主人公基督徒的天路历程和思想斗争探讨了普通人日常生活中最常见和最关注的问题。深入浅出、简洁生动的语言风格吸引了众多读者，细节描写和人物刻画也非常传神，对后来英国现实主义小说的发展产生了重要影响。在初版之后的二百多年里，《天路历程》流传之广，翻译的文字种类之多，仅次于《圣经》。这本宗教寓言小说同时也具有很强的社会讽喻意义，为我们展现了复辟时期英国社会的全貌。其中对"名利场"的描写尤为出色，这一幕是对复辟时期伦敦社会的漫画式呈现。在这座"名利场"里，所有的东西都可以出售：荣誉、升迁、国家、娼妓、妻子、丈夫、子女、生命、灵魂等等，而且可以免费观看盗窃、杀害、奸淫、伪誓等罪恶。基督徒和"忠诚"因为蔑视名利而受迫害，隐喻班扬自己因拒绝与主流社会价值观相妥协而多次入狱。后来，维多利亚时期著名小说家萨克雷就以"名利场"为题推出了他的代表作，讽喻19世纪初年虚伪功利的英国上流社会。

《天路历程》的第二部出版于1684年，叙述基督徒的妻子和四个儿子前往"天国的城市"的冒险经历，情节上与第一部多有重复。此外班扬还著有批判市侩形象的对话体小说《恶人先生的生平和死亡》（The Life and Death of Mr. Badman, 1680），主题类似《失乐园》的散文寓言《圣战》（The Holy War, 1682），和一部自传，书名为《丰盛恩典沐罪魁》（Grace Abounding to the Chief of Sinners, 1666）讲述他自己在信仰中重生和成长的经历。这几本书在当时也都很受读者欢迎。纵观其抗争不息和笔耕不辍的一生，班扬可谓是英国文豪中最虔诚而坚定的清教徒，同时也是清教徒中极少数堪与弥尔顿相媲美的杰出作家之一。

1683年版《天路历程》扉页

第四章

18世纪文学
(1688—1780)

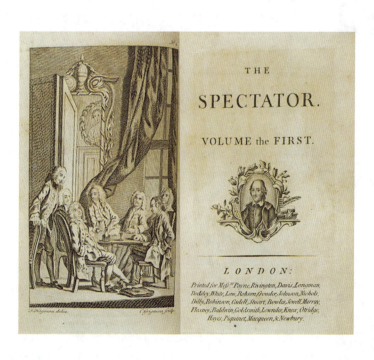

18世纪英国

18世纪的伦敦咖啡屋

1749年上流社会化妆舞会

Vauxhall 伦敦游乐坊

1688年议会从欧洲迎回信仰新教的玛丽和丈夫威廉，这就是有名的光荣革命。由于威廉和玛丽没有孩子，所以在他们身后英国议会从德国请来汉诺威王朝的乔治一世做国王，开始了汉诺威王朝在英国的统治，从此英国的君主立宪体制步入了资产阶级真正掌权的时代。

政治局面稳定为经济发展提供了良性环境，英国的科技、工业和商贸都取得了飞速跃进。1769年詹姆斯·瓦特发明了蒸汽机，英国的工业革命轰轰烈烈展开。国内的经济飞速发展推进了英国的海外贸易和扩张，18世纪上半叶英国很快上升为世界头号资本主义和帝国主义国家。

与经济同步前进的是各种社会和经济理论，以及以理性为主导的启蒙主义思想。著名的苏格兰经济学家亚当·斯密提倡政府不干涉经济，给贸易以最大自由，被政府采纳后英国出现了经贸空前大发展，不久伦敦等许多城市变成了大都会，成为欧洲和世界贸易中心。英国的工人阶级也伴随资产阶级的发展壮大而诞生，阶级矛盾日趋激烈。

随着科学技术的进步，18世纪的英国知识界很快加入了欧洲和北美的启蒙运动。在欧洲，特别是法国思想家的影响下，英国开始了被后人称做尊崇理性的时代，也就是英国的启蒙运动阶段。英国启蒙运动的代表人物有牛顿和达尔文等许多在数学、物理、化学、生物、医学等领域做出杰出贡献的自然科学家；在社会科学方面各种思潮活跃，如以苏格兰为中心的道德哲学，早期的机械唯物主义，经验主义哲学和伦理美学等等，其中最具影响的是约翰·洛克（John Locke，1632—1704）提出的经验主义认知哲学。就这样，在海外开发和发扬理性的时风熏陶下，英国开始了一个出国旅行和寻求海外发展的时代。

然而，科学的发展也造成了对宗教的威胁。宗教在科学和唯物主义理论面前不得不做了相应的调整，以适应新的形势。反对圣父、圣子和圣灵三位一体的一神教出现，否认《圣经》之外的神迹，朝着自然神论的方向靠近。另外随着资本主义的经营方式普遍开花,个人主义和个人价值都得到承认和尊重。这种社会状况和价值观也渗入宗教,人们与教会的关系松动了许多。实际上,随着清教对个人与上帝沟通的肯定,基督教徒们逐渐相信没有教会这个中介,只要虔诚祈祷,进行对自身心灵和行为的冥思和反省,人人都可以得到上帝的圣恩惠顾。笛福小说中的新兴资产阶级人物都是这种实用主义宗教观和宗教实践的最好例证。

18世纪乡村绅士打猎

18世纪文学粗略可分为上半叶和下半叶,上半叶基本是尊崇理性的新古典主义文学时期,又因遵从和效仿古罗马文学大师而被戏称为奥古斯都时期。前期最杰出的代表是蒲柏和斯威夫特,还有著名期刊人和作家艾狄生和斯梯尔,到世纪中期英国文坛的巨人就是约翰逊。18世纪中期之后的主要文学成果是现代小说的诞生和首次繁荣,英国出现了一批优秀的小说家,其中也包括女性作家。截止到世纪末,理性主义和古典主义文学已经淡出画面,长期得不到抒发情感的英国文坛慢慢以浪漫和感伤主义文学形式取代了先前追求写真实发生的事的潮流。18世纪末英国文学就进入了前浪漫主义阶段,描写地貌景观和大自然的诗歌、墓园派诗歌和哥特式小说崛起,为19世纪上半叶英国浪漫主义的兴起吹响了号角。

1775年创建的德鲁里街剧院

巴斯一条街(18世纪时尚中心)

一、 新古典主义文学

新古典主义文学首先提到的是英雄双韵体诗歌和它的颠峰代表蒲柏。**亚历山大·蒲柏(Alexander Pope,1688—1744)**出身于一个天主教布商家庭。由于他天生残疾和英国对天主教的歧视,蒲柏小时候没有接受正规学校教育,家里请了天主教神甫辅导他读书。从15岁蒲柏开始尝试翻译拉丁文经典著作,如奥维德的诗歌,他的才气也很早得到了德莱顿等名流的认可。1715年蒲柏发表了译作《伊利亚特》(*Iliad*)第一卷,并在后来十一年里完成了整个荷马史诗的翻译。虽然他的希腊文不怎么好,译文太自由,但发表后反响极佳,稿酬丰厚。他的诗作以英雄双韵体为主要形式,而且在压韵、措

蒲柏

蒲柏的漫画像

辞、讽刺、机敏和犀利等方面堪称无双,把这个诗歌形式演绎至绝妙境地。蒲柏的名篇有《论批评》(An Essay on Criticism, 1711)、《劫发记》(The Rape of the Lock, 1712)、《论人》(An Essay on Man, 1733—1734)、《群愚史诗》(The Dunciad, 1728)。

《论批评》乃蒲柏最为人熟知的作品,全诗400多英雄双韵体诗行,阐发了诗人的古典主义诗歌理念,比如诗歌应该如实地反映自然,必须以古典大师为楷模,等等。诗中充满了机敏的构思和可引用的名句,像:"真机敏是自然最适合的表示,/是经常萦绕脑际却从未好好表达的文思,"和"犯错误是人之常情,能原谅是超凡脱俗",等等。

《劫发记》是一首戏仿史诗。1711年一位贵族青年在公开聚会场合剪去了一位小姐的一缕卷发,引发了两家的争吵和怨恨。有人建议蒲柏就此写首诗,希望能化解两家的矛盾。于是,蒲柏用夸张和玩笑的口气写了戏仿英雄史诗《劫发记》,诗人仿史诗的恢弘、战争的激烈和神仙精灵参与人间争斗等特点,讽刺地突显出这些当代贵族空虚、无聊和可笑的生活。比如激烈的战争场面是小姐愤怒地用发夹去戳侵犯她的青年爵爷,那些暗中保护小姐的精灵在头发被剪的当儿奋不顾身地扑上去以身挡剪等。1712年发表时这首诗就大获成功,加工和修改后于1714年再度发表,更加精湛,成为英国文学史上戏仿史诗的典范。

《论人》是一首哲理诗,反映18世纪理性科学世界观发展后人们对宇宙和自身地位的思考。在诗中,蒲柏勇敢地提出人类应该把注意力从上帝转为人类自身,把人类作为最重要的课题研究。由于身体残疾,蒲柏极度敏感,很爱记仇，不能接受任何批评，《群愚史诗》成为他攻击所有他不喜欢的文人的场所。该诗讽刺犀利、尖刻，充分展示了蒲柏把玩英雄双韵体游刃有余的高超技巧。

1744年当蒲柏去世时，作为英国启蒙运动文学潮流的新古典主义也走向了消亡，而蒲柏对英雄双韵体近乎完美的把握和对英语语言及文学的贡献永远载入了史册。

江奈生·斯威夫特（Jonathan Swift，1667—1745）是与蒲柏比肩的英国18世纪新古典主义作家，其散文，特别是讽刺散文成就显赫。斯威夫特的父亲是一名英国律师，移民爱尔兰，不久去世。斯威夫特进入都柏林三一学院求学，毕业后投奔了母亲的亲戚，辉格党政客邓波尔爵士，做他的私人秘书，前后任职约10年之久。邓波尔不关心他的前程，斯威夫特最终不得不进入教会，在爱尔兰的英国国教会担任了牧师。由于他对辉格党逐渐失望，斯威夫特改变了自己的政治立场，加入了托利党，并于1701年被邀返回伦敦，就任托利党报《考查者》（The Examiner）的主编。这是他一生最得意的年月，他与蒲柏、约翰·盖伊（John Gay, 1685—1732）等托利文人交往，经常在俱乐部集会上讨论时政和各自的创作意向。托利党执政结束后，安妮女王授予他爱尔兰都柏林帕特里克大教堂主持牧师的地位。斯威夫特最终重返爱尔兰，把后半生献给了贫穷和受压迫的爱尔兰人民。

早期斯威夫特著有讽刺作品《书战》(The Battle of the Books)，来反击批评了邓波尔颂扬古代大师文章的一位学者。之后，他还写了一部宗教寓言《一只木桶的故事》(The Tale of a Tub)。这两部作品虽然充分显示了作

斯威夫特

斯威夫特做圣帕特里克大教堂主持牧师

者的才华，但斯威夫特最脍炙人口并流芳后世的还是他为爱尔兰人民鸣不平的讽刺散文《一个小小的建议》（*A Modest Proposal*，1729）。作为英国殖民地，爱尔兰人民长期受到残酷的剥削，极度贫困，城乡到处皆是要饭的乞丐，不论男女身后都尾随着数个衣衫褴褛的饥饿孩童。在《一个小小的建议》里，一个有学识的绅士自称做了研究并听取了政治经济学家的意见，提出了一个解决目前爱尔兰赤贫和民不聊生困境的"小小的"建议，即：在孩子们生下来后按照一公对四母的比例留下繁殖后代的数量，把其他孩子喂肥了于一周岁时上市卖给老爷太太们做佳肴，人皮也不要浪费，可以给小姐做手套。整篇文章中这位建议者一本正经，十分科学地计算成本和分析利弊，让读者不寒而栗。

《格利佛游记》（*Gulliver's Travels*, 1726）是一部讽刺时政和伪科学的寓言。全书分为四个部分，分别讲述主人公格利佛，一个海船上的英国医生的四次奇特的航海经历。前两次在小人国厘里普特和大人国布罗丁勃格的历险是读者们对《格利佛游记》最熟悉的内容，其中因高矮悬殊而引发的主人公的种种奇异经历给包括儿童在内的广大读者打开了一方神奇又充满想象的天地。但是，这两次历险却暗含了作者针砭英国和欧洲时政的玄机。小人国是英国的写照，那里的政治卑劣，玩弄权术，互相倾轧。比如这个小小的国家里有两个党派，一个穿高跟鞋，一个穿矮跟鞋。这是暗讽英国的两党争斗。小人国选官的争斗也很激烈，有了肥缺时就举办走绳竞赛。优胜者获得官职，但如果摔死，就自认倒霉。小人国内还有一个涉及全民的你死我活的矛盾。由于现任国王的

格利佛与大人国国王

格利佛与大人国国王

第四章　18世纪文学（1688—1780）

父亲幼时剥鸡蛋曾划破手指，他的祖父就通令全国必须从小头磕蛋。坚持老办法的百姓遭到迫害，纷纷逃亡到临近的一个岛国，引发了小人国与临国的连年战事。这个荒唐的矛盾指的是英国国教对天主教的排斥和迫害。敌对的临国就是信仰天主教并不断支持英国天主教势力的法国。第二次格利佛落在大人国巨人手里，斯威夫特用丰富的想象描绘了格利佛的许多惊险经历，比如夜里要拔出佩剑来战大于他几倍的老鼠，比如他被妒忌他得宠的宫廷侏儒扔到滚烫的奶油汤里等等。但作者通过沾沾自喜的格利佛每天给宽容为怀的大人国国王吹嘘英国和欧洲如何用法律制约和压迫百姓，如何发动旷日持久的战争来争夺土地和钱财，并向大人国国王举荐各种火药和兵器，揭露了英国和欧洲的政治弊端。

格利佛第三次海上落难来到了一个叫做飞岛的地方。这是一个平底的巨大飞行器。岛上的居民都致力抽象思维，他们的衣袍上布满了音乐符号和几何图形，就连他们的菜肴也经常做成长方体、圆锥形等等。他们在陆地上占有殖民地，对那里的人民征收苛捐杂税，谁要是造反或拒绝纳税，飞岛就会飞到那地的上方，把阳光和雨露遮挡掉。这种描写的批判矛头所指则是当时在海外扩张殖民地，剥削殖民地人民的英帝国主义。这一卷的另一个任务是揭露伪科学的荒唐和危害。所谓的伪科学，在斯威夫特的眼里就是那些推崇纯理性而摈弃基督教提倡的仁爱、慈善和信仰等人文精神的倾向。在飞岛下属的一个殖民地岛上有一所科学院，其间的社会科学家们整天研究如何通过查验粪便来识别叛国罪，自然科学家们则废寝忘食地研究如何从黄瓜里提取阳光，从粪便里回收食物等，并实验如何从房顶向地面造房。斯威夫特还通过格利佛亲眼目睹了一群有永生的人如何衰老、变残疾、失去生活能力和乐趣想死而不能的痛苦，从而揭示长生不老梦的虚幻。这卷书充分显示了斯威夫特对当时越演越盛的追求科学和实证的倾向的担忧。《格利佛游记》的最后一卷也是这部游记最震撼读者的部分。格利佛来到一个马国。马国由理性支配的马来治理，马主人们役使一种人形动物，叫做犽胡。他们和人类一模一样，只是赤裸的身体上覆盖着长长的汗毛，手脚的指甲都像爪子。犽胡们暴烈、任性，吃些青蛙、老鼠和烂肉。他们一会搂抱，在烂泥里打滚、睡觉，还为了争抢食物结群斗殴。马主人平时用链条把他们栓起来，以免闹事。犽胡还有一个争抢和搜罗彩色石头的癖好，往往为了抢石头而打得头破血流。通过丑恶的犽胡，斯威夫特尖刻无比地批评了人类的堕落，他用人不如马来警告人类，而犽胡为彩色石头争斗则是讽刺英国殖民者在印度等海外掠夺别国的财富和珍宝。

通观《格利佛游记》，我们看到一个情系社会和人类健康发展的斯威夫特，一个对简单追逐科学和理性，疯狂进行海外殖民和攫获财富的社会分外担忧的斯威夫特。他奏响了揭露和讽刺时政的时代最强音。

18世纪上半叶新古典主义为主流，但由于市场经济和读者群形成，通俗文类逐渐繁荣。而且由于城市的发展、政党的争斗和商贸的需求，报纸、期刊和杂志逐渐普遍，英国散文逐渐从少数精英走向普及，并逐渐成熟，形成了自己雅俗共赏的风格。几乎所有18世纪的文人都经办报纸和杂志，然而最成功和有影响的是艾狄生和斯蒂尔。

约瑟夫·艾狄生（Joseph Addison，1672—1717) 是个辉格政治家，但热衷文学创作。他从大学起始就发表了诗歌和诗人评介，并于1713年完成了英雄双韵体悲剧《卡托》（Cato）。**理查德·斯蒂尔（Richard Steele，1672—1729)** 曾是艾狄生的中学同学，也是从大学就开始创作，但他的兴趣主要是喜剧。然而，他们两人被后世记住的主要成就是共同编辑出版的两个报刊：《闲谈者》(The Tatler) 和《旁观者》（The Spectator）。前者由斯蒂尔单独开办，每周三期，刊登国内外新闻和诗歌、戏剧评介，斯威夫特也曾为之撰稿。《闲谈者》很有特色，比如设有"蜗居看世界"（From My Own Apartment）这样的评论专栏，还创造了一个以撒·比克斯塔夫的人物和闲谈者先生来评述文艺，谈天论地。艾狄生加盟后于1711年1月停办了《闲谈者》，之后两人开办了《旁观者》，每天发行一刊，而每刊只有一篇文章，它成为英国文学史上最知名并影响至今的早期报刊。

艾狄生

作为《旁观者》的主要负责人，艾狄生的散文风格和文体直接影响着这个刊物。在内容上，其主要人物旁观者先生更是艾狄生的代言人，比如他报道在欧洲大陆旅行的见闻、评论各种事物和现象，许多文章都体现了启蒙思想，尤其他刊登的18篇评论弥尔顿和《失乐园》的文章堪称优秀的文学批评成果。艾狄生从《失乐园》恢弘的史诗架构、沉重的议题、人物的刻画和素体诗的特色等逐卷地进行了剖析和评议,为后世正确认识这位清教诗人的伟大做出了卓越的贡献。艾狄生的另一个突出成就是他在《旁观者》上12次连载的美学思想文章"论想象的愉悦"。他指出人类从生活和周围环境中获得不

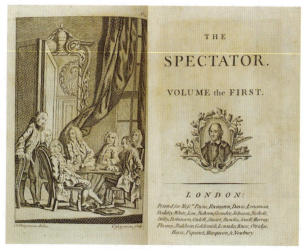

《旁观者》1788

同的美感,由此而得到愉悦,并强调"壮丽美"(the sublime)不同于"秀丽美"(the beautiful)的美学效应。艾狄生的这种美学观呼应了当时爱德蒙·伯克(Edmund Burke,1729—1797)和沙夫茨伯里三世伯爵(the 3rd earl of Shaftesbury,1671—1713)的美学理论,即生活中有些灾难和恐怖在艺术加工后可以带给接受者一种震撼性的愉悦,属于壮丽美范畴。这样的美学理论开启了后来的哥特小说和浪漫主义的神秘、恐怖等追求,并一直影响到后现代的审丑美学。

二、世纪中期文学家塞缪尔·约翰逊

1784年**塞缪尔·约翰逊**(Samuel Johnson,1709—1784)去世标志着英国的理性时代,即启蒙运动和新古典主义阶段的结束。虽然约翰逊的主流意识形态和文风属于前半个世纪,但他已经具备了承上启下的过度色彩。约翰逊出身小书商家庭,从小因患淋巴结核而严重影响了容貌和视力。他的记忆出众,过目不忘,在父亲的书店里博览群书,中途从牛津大学辍学后,自学成材。约翰逊不会经商,父亲死后,书店倒闭。1737年约翰逊几乎身无分文地离家赴伦敦谋生,露宿街头或整夜游荡地度过了在伦敦的最初时光。逐渐地,他在《绅士杂志》(The Gentleman's Magazine)找到一份工作,不久就凭借自己的实力

约翰逊

而成为这家报刊的主要编辑。1755年他独自完成的英国第一部有规模的《英语词典》(A Dictionary of the English Language)问世。这本词典花费了他七年的时间,而且是在贫困和重重困难中编写的。词典发表后,先前冷待过约翰逊的切斯特菲尔德伯爵两次撰文称赞这部词典和编者。曾经深受伯爵伤害的约翰逊于是发表了知名的《致切斯特菲尔德伯爵的信》("Letter to Lord Chesterfield"),以一个文人的尊严历数了自己的艰辛和受到的伤害,并郑重声言自己已经成名,再不需要这迟到的关爱和提携。全篇文笔流畅,字句对仗,铿锵有力,还不时锋芒毕露地对贵族老爷的虚假和沽名钓誉做了尖刻讽刺,是十分工整和出色的散文佳品,被后人誉为知识分子摆脱提携人的自由宣言。

因词典的贡献,约翰逊获得了300英镑的年金,从此生活有了保障,专心写作。他的文学建树和博学善辩逐渐在伦敦文化人中为他赢得了近乎首席权威的地位,成为伦敦文人俱乐部的中心。每天晚上众人聚集在茶室里倾听约翰逊的高见。苏格兰文人詹姆斯·鲍斯威尔(James Boswell,1740—1795)崇拜约翰逊,到处跟踪并记录他的言行。在约翰逊去世后,鲍斯威尔发表了《约翰逊传》(The Life of Samuel Johnson,1791),书中大量鲜活的情节和轶事给我们展现了一个怪异奇才,一个堪称18世纪思想家、文学巨匠的伟人。这部传记也让鲍斯威尔名垂青史。

《漫游者》(The Rambler,March,1750—March,1752)是约翰逊编写的主要期刊,一共208期,每周四和周六发行。约翰逊独自撰稿,讨论文学、哲学、社会问题等各式各样的内容,比如第4期谈现实主义文学,第32期谈斯多葛主义,第47期谈忧伤,全都具有约翰逊那独特的幽雅但滞重的文风,见识也很卓著。

为了酬款安葬母亲,约翰逊用了一周的晚上完成了《王子出游记》(The History of Rasselas,Prince of Abyssinia,1759)这本探讨人生幸福的小说。故事讲阿比西尼亚王子被父王安置在一处叫做福谷的地方,与世隔绝。福谷生活单调,王子决定出走,去外界寻求幸福,并带上了公主妹妹和老哲人伊姆莱

第四章　18世纪文学(1688—1780)

詹姆斯·鲍斯威尔的漫画像

克。他们一行走了许多地方,结交和拜访了不同年龄,国籍和社会身份的人,但没有谁能宣称自己是个幸福的人,对什么是幸福也各说不一。为了迎合读者对游记的期盼,途中约翰逊还设置了一些惊险经历,如公主的侍女在埃及金字塔被劫持。最后他们返回福谷,并没有找到问题的答案。《王子出游记》反映了约翰逊早年经历和生活体验。由于早年落魄,约翰逊成为一个奉行斯多葛主义的人。1749年他曾写过一首诗,叫做《人间愿望多徒劳》(The Vanity of Human Wishes),表述了他对人生愿望和追求多为虚幻的观念,而《王子出游记》的主题基本就是重复那首诗的思想。这本小说虽然单薄,但却以其探讨的人生哲理而受到欢迎。

约翰逊成名后被约请编辑莎士比亚全集,并为之作序,这篇序以约翰逊自己的见识和学养对莎士比亚做了十分有见地的评介,成为英国文学批评的佳作,还有不少名言。比如他称莎士比亚为"天然的诗人"(Poet of Nature),他不是精巧的花园,而是一座大森林,林中有参天大树,也有杂草,但是它的博大和天然是漂亮小庭院所无法比拟的。约翰逊还大力肯定莎士比亚突破了古希腊三一律的戏剧规则，创造了反映人生百态的杰作。作为一个严守基督教道德的学者，约翰逊还指出了莎士比亚为了讨好观众而使用了不少有伤道德的文字游戏（quibbles），但是他对这位伟大戏剧家的总体赞美为后世的莎士比亚研究奠定了基础。

《英国诗人传》（*Lives of the English Poets*，1779—1781）是约翰逊应邀为一部英国诗集中每位诗人的作品写的序，当时他已70岁。约翰逊把诗人的生平介绍同他的成就以及一些能说明问题的轶事结合起来，夹叙夹议，生动地展现了这些诗人的生存环境和经历如何影响和造就了他们的创作。这种带有轶事的传记打破了先前传记形式的约束，为后来的传记，包括鲍斯威尔为约翰逊本人写的传记，开了先河，其影响一直延续至现当代传记的撰写。就其文学评论而言，《英国诗人传》提供了许多有价值的评介意见，声情并茂，但也有偏颇之处，特别是约翰逊对弥尔顿的批评显示了他本人的局限。

三、 现代小说的兴起和首次繁荣

18世纪书商的名片

小说于18世纪在英国兴起并达到了首次繁荣有它的社会和经济环境。（1）18世纪的印刷业十分昌盛，书籍和期刊报纸得以快速大量出版，价格也便宜，普通读者都能购买。（2），一个庞大的中产阶级形成，并随之造就了大都会和城市。大批破产的农民涌入城市，逐渐转化为小商贩、仆人、工人和徒工。这些人中间大多数希望发展，加入了原来只属于中上层阶级的读者群，促使图书市场的形成。（3）图书市场的出现改变了英国有史以来文人创作和发表作品的格局。长期以来英国文人都要依靠一个有权势的人提携，称之为恩主（patron），他们或领命创作，或把作品献给这位提携人。约翰逊在编词典之初希望切斯特菲尔德伯爵提携就是这种文化和社会现象最后也是最说明问题的一例。（4），图书市场给通俗文类提供了发展的机遇，18世纪后期

第四章 18世纪文学(1688—1780)

除了严肃和正统的诗歌、小说和戏剧，市场上充斥着游记、日志、历史、传记、行为指导书等各种散文文类，它们是现代小说生长的温床。5）由于工业化断绝了家庭承包和手工纺织的途径，大批妇女没有生计，便流落到城市做仆女，她们当中不少人加入了读者行列。此外，城市里中产阶级的家庭妇女每日也有很多闲暇时间可以读书。这样，不仅读者中妇女占了一个不小的比例，还有一些女人开始写作，创作言情故事、鬼神传说、浪漫传奇等不需很高文化修养或大学教育就能写的东西。于是，18世纪后期就涌现了一批女作家，形成了一道独特的风景线。她们档次有高底，但是其中不乏能够靠笔杆子养活自己和孩子的女人。有四五位相当成功的女作家，她们被誉为小说之母，比如萨拉·菲尔丁（Sarah Fielding，1710—1768），夏洛特·琳诺克斯（Charlotte Lennox，1720—1804），弗朗西丝·伯尼（Frances Burney，1752—1840）等。其中伯尼被评价为奥斯丁之前最有成就的英国女小说家。

伯尼画像

第一位现代意义的18世纪小说家当属笛福，过去多半称他为英国小说之父。然而他的小说仍带有比较浓厚的流浪汉小说痕迹，在情节建构和人物刻画方面均比较原始，所以20世纪评论家中有人认为他只是个先驱人物，小说之父应该是理查逊，而第一部现代英国小说也不是《鲁滨孙飘流记》，而是《帕美勒，或美德有报》。其他的主要小说家很多，我们将介绍最主要的四位。

丹尼尔·笛福（Daniel Defoe, c. 1660—1731）出生在下层中产阶级家庭，他原姓福（Foe），"笛"（De）这个贵族姓氏字头是他自己加上去的。笛福因为父亲是清教徒而上了一所专门为持不同宗教信仰孩子举办的学校，毕业后也不能进入大学。但是笛福自学成材，他读书、旅行，在周游欧洲的过程

18世纪女读者

笛福

中习得数门欧洲语言。笛福的兴趣在商贸,起初他经商很有成绩,但由于投资不慎,最终破产,欠下巨额债务,只好躲藏了一段时间。

接下来笛福转而靠笔杆子谋生,并同时为政府完成一些秘密使命,还撰写时政文章。1702年他因一篇攻击当时政府迫害持不同宗教信仰者的文章被捕入狱,并被判在伦敦市内站枷示众。在狱中笛福创办了《评论》杂志(*The Review*),出狱后继续出版,直到1713年才停刊,是当时持续时间最长的期刊。笛福十分多产和多样化。首先,作为一个期刊人,笛福在办自己刊物的同时,为大约26种报刊撰文约250篇,并形成了新闻采访和报道的独特文风,因此被一些人誉为"现代新闻之父"。他还发表了多部游记、传记、行为指导书和一本基于听来材料记载伦敦瘟疫年的虚构作品《瘟疫年纪事》(*A Journal of the Plague Year*, 1722)。然而,笛福的主要兴趣一直都是商贸和资本主义经济。他发表多部关于贸易史、贸易方略和商人行为准则的作品,难怪后世有人称他为"自由贸易之父"。

笛福近60岁那年读到一则海员在海外荒岛上生活5年后获救的新闻,他对该海员做了采访,经过他丰富的想象加工、渲染,迅速地撰写和发表了他的第一部小说《鲁滨孙飘流记》,取得了极大成功。受到鼓励后,笛福在他最后十年的时间内还创作了四部其他小说,其中主要是《茉尔·弗兰德丝》。这些小说虽然显出作者的仓促,但充分反映了笛福的写实倾向和能力,他的新闻报道文体和散文风格也极大地影响了后来的英国散文和小说。

《鲁滨孙飘流记》(全称*The Life and Strange and Surprising Adventures of Robinson Crusoe*, 1719)描写了一个中产阶级出身的年轻人不顾家长劝阻,执意出海寻求发展而终成一个海外殖民者的故事。鲁滨孙在巴西开发了大种植园之后再次出海去倒卖奴隶,不期遇难被独自抛在一个荒岛上。从这里小说进入了核心部分,笛福详尽地描述了鲁滨孙如何依靠从即将沉没的船上获得的生活和生产资料,在没有人烟的小岛上建造居所、打猎、种地、养羊,还自己缝制皮衣、雨伞,造小筏子,一共在岛上生活了28年2个月零19天,最终返回英国。回国时他已经在岛上建立了一个殖民地,拥有一定数量的人口和资产。鲁滨孙的故事歌颂了上升资产阶级不怕牺牲和吃苦,勇于进取和创造财富的精神。它也真实地体现了早期资本积累的过程,及其剥削实质,比如鲁滨孙从食人土著手里解救了一个黑人,为他取名为星期五,并马上教他用英文称呼"主人",建立主仆关系。他还以教化的形式改变星期五的信仰,并声称只有基督教能使星期五幸福。鲁滨孙还大肆贩卖奴隶,以此生财,他海外的一生就是英国资本主义发展,资本积累和海外扩张的生动写照,以至于马克思在《资本论》里用鲁滨孙做例子,说明资本积累的原始过程。

《茉尔·弗兰德丝》(*Moll Flanders*,1722)是英国或英语文学中首次用现实主义手法记载下层妇女悲惨遭遇的小说,有一定的自然主义色彩。故事讲一个小偷母亲在监狱里生下的女孩茉尔被大户领养,被大少爷引诱抛弃,最后被赶走。从此茉尔就开始出卖色相。随着年龄增长,她不能再靠卖身维持生计,就开始偷盗,终于同她母亲一样锒铛入狱,被流放到美洲。这部小说自20世纪下半叶就被评论界推崇,认为在情节建构和人物刻画上比《鲁滨孙飘流记》要显得成熟。另一个引发评论的议题是小说所显示的反讽内涵。作为一个道德沦丧但信仰基督教的下层妇女,茉尔在一路犯罪的过程中充满了内心恐惧、责备和矛盾,但生存逼迫她继续犯罪。所以,她每做一件恶事之后都有自我忏悔和自我开脱的内心活动。若是笛福已经看到了下层妇女的这种心理状态并反讽地把它描述出来,他就是个了不起的作家,能在小说的初期阶段就深入人的内心斗争,把为生活所迫而犯罪的良心责备披露出来。

塞缪尔·理查逊(**Samuel Richardson,1689—1761**)同笛福一样生在下层中产家庭,父亲是木匠,也信仰清教。但是由于他生活的时代已经远离复辟王朝,他没有像笛福遭受对持非国教信仰者的歧视和迫害。理查逊很小就被送到印刷店铺学徒。他勤奋好学,兢兢业业,逐渐发迹。最后开了自己的印刷买卖,并被指定为议会的印刷承包商。没有衣食之忧后,理查逊开始舞文弄墨。他从小就得到一些女顾客和周遍女性的喜爱,常找他代笔写信。这样,理查逊就熟悉女性和书信,对这种文体情有独钟。开始理查逊发表了一本教育学徒如何言行的行为指导书,后又出尺牍样本指导如何写信。他写书不是为生计所迫,

理查逊

并且不惜时间地钻研写作技巧和润色文字。在这方面他与为生活所迫而写作的笛福、菲尔丁甚至约翰逊都很不一样。

《帕美勒》插画

理查逊的第一部小说《帕美勒，或美德有报》（*Pamela, or Virtue Rewarded*，1740），一出版就成为畅销书，轰动街市。这是个仆女嫁给贵族的灰姑娘故事，全书主要用帕美勒写给父母的书信构成。在信中她不断报告贵族B先生如何勾引和调戏她，要逼她就范做情妇，她在险境中如何坚守贞操。B先生偷偷劫持并阅读了所有帕美勒送出的信件，最终被帕美勒的美德感动而决定打破等级界限娶她为妻。这部小说因险情环生而吸引读者，它头一次真正摆脱了流浪汉小说的游荡格局，让情节紧紧围绕着一个普通仆女的生活来编织，而且描述了不少人物的心理活动。

然而，这部畅销书的中产阶级实用主义道德观却引起了菲尔丁的反感。菲尔丁认为一个人保持美德不应该是为了得到回报。理查逊把帕美勒的贞操写成了待价而沽的商品，这让帕美勒显得虚伪。于是擅长幽默和讽刺的菲尔丁不久就发表了戏仿《帕美勒》的作品《莎美勒》（*Shamela*= sham+Pamela），取用了原小说的主要情节和人物，却把B先生叫做布比（傻瓜）先生，而莎美勒则成为假装贞操的大骗子。这部戏仿小说问世后理查逊大怒，从此不能原谅菲尔丁。

1741—1748年理查逊发表了他的杰作，书信体小说《克拉丽莎：一位年轻姑娘的故事》（*Clarissa, or The History of a Young Lady*），引起了整个英国和欧洲的关注，成为英国第一部现代悲剧小说。理查逊这部小说讲的还是女孩子的婚恋问题，主要纠正当时社会上女人们幻想浪荡男人在婚后可以改正。克拉丽莎是富商之女，天生丽质，还有属于自己的财产。但是为了家族的利益，专横的父兄却逼她嫁给一个令人憎恶的老富商。克拉丽莎苦苦哀求没有丝毫效果，纨绔子拉夫雷斯乘虚而入，借会面把她劫持到一家妓院，最终被强奸。理

第四章　18 世纪文学（1688—1780）

查逊笔下的拉夫雷斯是个英俊、潇洒、剑术精湛，又有鉴赏品位的贵族。他唯一的问题就是把女人都视为水性杨花，因为早年被一位深爱的女人欺骗过。他对清纯美丽的克拉丽莎一见钟情，但是对女人的偏见阻挡他认识自己的真实情感。他有恃无恐地劫持和占有了克拉丽莎，以为最终可以通过娶她来了结风波。然而，出乎意料，被辱的克拉丽莎伤透了心，认识到自

理查逊读作品给女读者

己犯了对纨绔子存有幻想的错误。于是，她远离社会，并安排后事，慢性自杀。此时拉夫雷斯认识到自己真心爱克拉丽莎，他请求原谅并求婚，但都遭拒绝。在克拉丽莎去世后，拉夫雷斯只求速死，在与克拉丽莎一位远亲决斗中丧生。

《克拉丽莎》发表后得到文学界的普遍赞美，在欧洲引起极大轰动，书信体也因之成为这个时期的流行文体，如歌德发表了《少年维特之烦恼》，卢梭也出版了《新爱洛漪丝》。但理查逊代表了这个文类的颠峰，他在书信体创作上作出了巨大贡献，并一直勤于实验和改进。在这部小说中理查逊尝试使用了两条平行的书信往来，一条是克拉丽莎和女友之间的书信，它以平实的叙述向读者交代了克拉丽莎的悲剧经历和她的痛苦又矛盾的心理；另一条主要是拉夫雷斯写给纨绔子朋友的，以十分戏剧性的语言吹嘘自己如何玩手段，搞欺骗，如何引诱捕捉克拉丽莎，但也有他心灵深处的斗争和最后的绝望。这种叙述设计造成了从四个不同视角来查看和反映同一件事情的累述，因此大大削弱了小说情节，而加强了心理活动和人物塑造，是类似现代派追求的前卫叙事技巧。也正因为这个原因，理查逊在20世纪逐渐被重新认识，他也被誉为英国（甚至包括美国）心理小说的源头。

英国小说另一支派，即社会全景小说（Panoramic Novel）的源头是**亨利·菲尔丁（Henry Fielding，1707—1754）**，他也是个幽默和讽刺大师。不同于中产阶级的笛福和理查逊，菲尔丁出生在家道已衰的贵族家庭。他以搞喜剧创作开始，在伦敦还有自己的剧团。1737年菲尔丁创作和上演了一出尖刻讽刺政府

亨利·菲尔丁

的笑剧《1736年历史登录》(The Historical Register for 1736),惹恼了当权派并导致同一年颁发了出版审查法案,严禁对国王和政府的公开讽刺。菲尔丁只好放弃戏剧,改学法律。菲尔丁后半生成为司法官,处理治安和犯罪问题,而晚上就从事自己喜爱的创作。

菲尔丁的小说生涯与理查逊紧密相连,他在发表了戏仿小说《莎美勒》后意犹未尽,就动手谋划另一部小说,叫做《约瑟夫·安德鲁斯》(The History of Joseph Andrews and of His Friend Mr. Abraham Adams, 1742)。该小说开始是写帕美勒的弟弟约瑟夫在B先生的姑妈布比夫人家里当差时如何遭到夫人的性骚扰,他坚决抵制诱惑,最后被恼羞成怒的女主人解雇,不得不返回乡下。在回途中约瑟夫遭到抢劫,后巧遇去伦敦办事的自己乡里的牧师亚伯拉罕·亚当姆斯和自己的情人范尼,于是三人同行,一路遇见了各式各样的人和事情,经常被欺骗,也结识了很有教养的士绅。小说最后,约瑟夫搞清了自己的真实身份,认父归宗,并和范尼成婚。菲尔丁原想借《帕美勒》再次搞笑,但是当亚当姆斯这个人物登场后,菲尔丁就抛掉了初衷,全力描绘起这个英国的堂吉诃德式人物,并通过这三个主要人物途径的城乡风貌把英国的大社会图景展示出来。菲尔丁意识到自己写了一种全新的小说,便在这部书的序里骄傲地把它称作"散文喜剧史诗"(Comic Epic in Prose)。《约瑟夫·安德鲁斯》获得了读者好评,于是菲尔丁就利用工作之余致力写这种社会风俗人情小说,在他的有生之年创作了《弃儿汤姆·琼斯的故事》(The History of Tom Jones, a Foulding, 1749)等其他三部小说。

《汤姆·琼斯》被公认是菲尔丁的杰作,是英国结构配合主题最贴切的小说之一。故事讲乡绅奥尔渥西拾到一个弃儿,收养了他,取名汤姆,让他同自己妹妹的儿子布利菲尔一起接受教育。汤姆从小诚实,富有正义感和同情心,而布利菲尔却是个阴险的伪君子,经常背地里向老师和奥尔渥西告发汤姆。当临近庄园地主的女儿索菲爱上汤姆之后,向她求婚的布利菲尔就变本加厉地诬陷汤姆,利用汤姆因同情和帮助穷困的守林人一家而卖马和偷猎的不当行为进行挑拨离间,以致奥尔渥西最后将汤姆逐出家门。汤姆先去参军,没有成功,在寄宿酒店时发现拒绝嫁给布利菲尔而出逃的索菲往伦敦去了，便掉头追赶她也到达伦敦。在伦敦发生了许多事情，为了见到索菲，无生计的汤姆沦为浪荡贵夫人的情人，而且在争斗中伤人入狱。最后，真相大白，汤姆原是布利菲尔母亲未婚生子，布利菲尔早就知道真情却一直隐瞒并加害汤姆。奥尔渥西舅舅与汤姆相认，有了身份的汤姆终于娶了索菲。他们在乡间过着幸福的日子，汤姆也改掉了以往不检点的毛病，成为乡里众口皆碑的好乡绅。

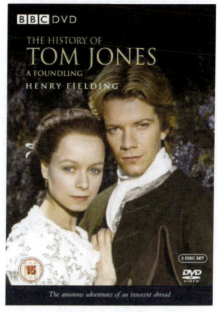

《汤姆·琼斯》电影海报

菲尔丁宣扬正直、诚实做人，反对虚伪和阴险。而且由于他是司法官，小说显示了他对社会秩序的关注。他的这两部小说都描写没有明确身份的社会下层青年流落无定，只有找到士绅父母，回归既定的社会等级，他们才能成为模范的社会成员。他的小说与笛福和理查逊小说内容互补，形成了18世纪小说道德关怀的多声部。菲尔丁还认为资本主义发展让城市成为万恶之源，而乡间才是天真、善良永驻之地。在汤姆的故事中他把18卷划分为三个单位，前6卷描绘如同乐园一样的奥尔渥西庄园，虽然有毒蛇布利菲尔，汤姆还是长成一个好青年。然后的6卷就描写汤姆和索菲在路途中的遭遇，展示了英国城乡社会生活，给予了小说史诗般的宏大。最后6卷讲邪恶的伦敦如何像巴比伦一样引诱汤姆堕落，以致入狱，几乎被判死刑。认祖归宗后，汤姆和索菲双双回到乡间乐园，等待他们的就是田园幸福生活。在这个意义上，《汤姆·琼斯》的结构很完美地配合了作者的主题思想，也富含《圣经》的隐喻。

多年积劳使菲尔丁患上结核，他去葡萄牙休养，不久去世。现代评论认为理查逊和菲尔丁是英国小说的两大发端，菲尔丁引领了反映社会全景和风貌的小说，是狄更斯、萨克雷、福斯特等作家的前人；而理查逊则领军心理小说，成为亨利·詹姆斯、吴尔夫和乔伊斯的先驱。

18世纪英国的小说繁荣除了作家数量多，花样也繁多。由于本书的篇幅所限，我们没有提到的起码还有斯摩莱特（Tobias George Smollett, 1721—1771）运用书信体技巧出色完成的幽默讽刺小说《亨弗利·克林克》（*The Expedition of Humphry Clinker*, 1771）以及哥尔德斯密（*Oliver Goldsmith*, 1730—1774）那富有感伤和浪漫色彩的乡村田园小说《威克菲尔德的牧师》（*The Vicar of the Wakefield*, 1766），等等。然而还有一位十分另类的小说家无法省略，那就是劳伦斯·斯特恩。

斯特恩

劳伦斯·斯特恩（**Laurence Sterne, 1713—1768**）的父亲是一名下级军官，一家人跟随父亲的军营到处迁移，后来在亲戚的赞助下他在牛津大学的耶稣学院完成学业，成为一名牧师。尽管斯特恩是个尽职的神职人员，写过很棒的布道词，他在私生活中却是个玩世不恭，很喜欢玩笑和开心的人。他聚集了一帮朋友，组成了魔鬼俱乐部，经常在一个成员的古堡里聚会，读些不雅文字，并拿当权者和名流开玩笑。这种生活态度后来都进入了他的小说《商第传》。斯特恩55岁死于结核，死前除《商第传》，还留给世人一部小说《感伤之旅》，引导了英国和欧洲感伤主义潮流。

《商第传》全名《绅士商第的生平和意见》（*The Life and Opinions of Tristram Shandy, Gentleman*, 1759—1762），分成9卷逐步发表，里面充满了机敏、调侃和幽默。全书由成年的特里斯舛·商第叙述，被讲述的人物有父亲沃尔特和母亲伊丽莎白、叔叔托比和他军队中的下属特里姆下士、教区牧师约里克、追求托比的寡妇崴德玛、男接生婆斯洛普和家中的男女仆人。特里斯舛的生平从母亲受孕讲到他脱掉开裆裤，后面都是托比和寡妇恋爱的故事，书中只提及成年的特里斯舛赴法国和意大利旅游过一遭。《商第传》之所以"奇"，主要见

《商第传》插图

于它先于时代的时空建构、类似意识流的叙述、作者对读者接受的关注,以及作者游戏性地安排了许多非文字的表述手段。从内容上看,虽然作者没有一点道德说教的姿态,但善良的商第一家人、他们的乡绅生活和苦乐、他们的兄弟之情、夫妻父子关系和每日忙碌的平淡和不寻常都被斯特恩描写得生动有趣,既夸张又真实地呈现了18世纪土地绅士阶层的现实状况。

叙述者特里斯舛从头就与读者交流,向可敬的先生和太太倾诉他想要把事情说明白是多么不容易,总是有许多联想在干扰他,迫使他走上叙述的歧途。比如,从一开始伊丽莎白受孕到特里斯舛出生,小说塞满了各种旁支侧引,到他出生时小说的叙述已近一半。后面故事基本转向托比叔叔的经历,寡妇如何追求他,中间插入了各种故事和议论,比如若干有性隐喻的大鼻子故事和公牛公鸡的玩笑等等。实际上,这种有意的所谓联想是对当时洛克人类认识论中自由联想说法的游戏。这种东拉西扯客观上形成了叙述打破时间顺序,颠三倒四的"混乱"状态,似乎同现当代时兴的意识流一样。然而,他这种第三人称的"意识流"是人为地故意操纵来打乱的叙事,并非严格意义上那种第一人称的人物内心独白和思绪。但是两种打破时空顺序的叙述都削弱了故事情节。斯特恩的游戏性还体现在他在书中设置了许多非文字的表述方式,比如当约里克牧师死去时,叙述者说没有语言能表达他的悲痛,于是他插入了一张黑页,类似的设计还有大理石页、手指符号、成排的星号、各种曲线和花纹线,还有一两句话的章节、大段的拉丁文等。这恐怕是小说史上独有的现象。我国过去文学课长期把斯特恩和《商第传》排除在课堂之外,主要还因为小说里有不少性玩笑,如暗示特里斯舛和托比叔叔性无能和那些用大鼻子暗指男性生殖器的笑话。但是在西方,特别是18世纪比较开放的英国,这些玩笑都是市井百姓能够接受的。而且一般评论也指出当性和性生活变成笑话时,它实际上已经没有毒害和引人犯错误的效果了。作为一部英国早期大胆实验的奇书,《商第传》在世界和英国文坛上占有它的一席地位。

《感伤之旅》(*A Sentimental Journey Through France and Italy*,1768)是一部虚拟游记,它用斯特恩本人在法国和意大利游历的见闻和感想为素材,把它变成《商第传》里约里克牧师游历这两个国家的记载。约里克(Yorick)这个名字是斯特恩玩笑地从莎士比亚戏剧《哈姆雷特》里借来的。牧师约里克曾听特里斯舛讲述过游这两国的见闻,所以决心也到欧洲一游。在这本小书里斯特恩用充满感情,有时甚至是煽情的笔调,记载了一路见闻,包括法国葡萄丰收的热闹和欢快的景象。也有十分动情和伤感之处,比如他特别去重访特里斯舛当年见过的法国疯女孩玛利亚,在林间清泉旁发现她。她孤独忧伤,无依无靠,十分惹人爱怜。约里克在她身边坐下,交谈中为她揩泪,又擦自己的眼泪。此时斯特恩通过约里克的心理活动充分张扬了基督教的仁爱、怜悯之心,还借题发挥地批评了当时否定宗教的比较幼稚的机械唯物主义。在经历了18世纪早期的理性主义和资产阶级的实用主义之后,人们渴望感情上的抒发和满足,于是感伤主义应运而生。欧洲大陆的这个感伤潮流就从斯特恩这部小说找到了名字,但实际上在斯特恩之前的英国小说里感伤已见端倪。英国和欧洲经历了短暂的感伤主义阶段之后就自然地步入了前浪漫主义时期,为19世纪上半叶英国浪漫主义诗歌登上舞台开辟了道路。

四、前浪漫主义诗歌和哥特式小说

英国新古典主义在18世纪后半叶消亡后,适应城市和资本主义发展的通俗文学和文化随着市场形成而繁荣起来,促进了浪漫主义文学的诞生,比如感伤文学潮流从英国一直涌向欧洲,诗歌也慢慢跳出了英雄双韵体的约束。接近世纪末文学已经从原先关注社会问题转向探询生死意义,从讨论认知哲学转向表述个人经历及赞美自然。随着社会严格的等级界限被打破,个人自由和个人思想感情都得到更多的尊重和抒发,英国文学进入了前浪漫主义时期。主要的成就是自然景观诗歌、墓园诗歌和哥特小说。

自然景观诗歌(Topographical Poetry)最早出现在18世纪30年代,大多描绘具体的自然景观,再加上观看者本人的思考和心情。这方面最有代表性的诗人是**詹姆斯·汤姆逊(James Thomson,1700—1748)**,主要作品是自然景观诗《四季》(*The Seasons*,1726—1730)。汤姆逊生在苏格兰和英格兰交界的边境地区,在爱丁堡大学接受了教育。1725年他去伦敦找工作,第二年发表了一首诗叫做《冬》(*Winter*,1726)。接下来四年里他陆续完成了其他三个季节的诗歌,集合成《四季》,并在结尾处加了一曲颂歌,赞颂大自然。《四季》用素体无韵诗写成,每个季节都呈现了独特的风貌和百姓的活动,具有丰富的想象和色彩。比如,春季钓鲟鱼,夏季剪羊毛,秋季收割和打猎,冬季白雪和圣

第四章 18世纪文学(1688—1780)

诞。最后的赞颂诗以恢弘的气势颂扬造物主上帝的伟大。这首诗使汤姆逊23岁成名,成为描写英国乡村和田野,大宅院和园林景观诗人的领头人。他英年早逝,其他比较重要的诗要算寓言诗《懒散城堡》(The Castle of Indolence, 1748),对雪莱产生过影响。

墓园派诗歌因一些诗人不约而同地都发表了对死亡思考的诗而得名,但这一派诗人之冠还是托马斯·格雷和他的不朽之作《墓园挽歌》。

托马斯·格雷 (Thomas Gray, 1716—1771) 的父亲是个脾气暴躁又专横的商人,与妻子和儿子关系一直紧张。格雷在伊顿公学认识了后来成为著名哥特小说作家的当朝首相之子贺拉斯·沃波尔。1741年父亲去世,造成格雷家经济困难,他一度辍学。1742年他返回牛津大学读书并开始创作诗歌,比较值得提及的有《远眺伊顿公学》(Ode on a Distant Prospect of Eton College, 1747)。格雷流芳后世的诗作是《墓园挽歌》(Elegy Written in a Country Church-Yard, 1751)。它本是诗人兴发之作,被沃波尔拿去展示给朋友,迫使格雷尽快发表了这首诗。其后他还有《诗歌的进程》(The Progress of Poesy, 1754)和《诗人》(The Bard, 1757)等佳作,但影响均未超越《墓园挽歌》。

格雷

《墓园挽歌》用每节四行的抑扬格诗句写成。它描写诗人晚间漫步乡间墓园对那些操劳终身、无声无息长眠在墓园里的普通百姓的同情和崇敬。诗人回顾农人和村夫日出即作、日落才归的朴实无华的生活,他们的家庭乐趣和辛苦,指出在这些平凡的百姓中有人不逊弥尔顿的才华,有人具备克伦威尔的领袖能力,但他们就像深藏海底的珍珠或开放在偏僻乡土的花朵,不能实现自己的价值。诗人在抒发了对平凡人生的同情和尊敬之后,充满哲理地指出,人间的权力、财富和名誉都是空虚的过眼烟云,因为所有的人均会殊途同归地走向坟墓。这首诗中有许多脍炙人口的名句,哈代后来就选用了其中的"远离尘嚣"(far from the madding crowd)这一短语作为自己小说的题目。

前浪漫主义诗人还有两位,他们是彭斯和布莱克。**罗伯特·彭斯 (Robert Burns, 1759—1796)** 是位苏格兰农民诗人,虽然上学不多,英文却很好,还

格雷诗作《诗人》的插图

彭斯

会一点法文和拉丁文。他热爱苏格兰文化和民间文学，一边务农一边写诗。1786年彭斯发表了第一本诗集《主要用苏格兰方言写的诗集》（*Poems Chiefly in the Scottish Dialect*），得到社会肯定，在爱丁堡受到欢迎。回到村里，他继续务农、写诗，并成婚，后来担任了税务局职员，但生活仍然贫困。法国大革命爆发后，他因公开支持这场革命而遭到上司的冷遇，差点丢掉差事，1796年于长期生病后死去。彭斯的苏格兰方言诗表达了贫穷和受压迫的苏格兰百姓的尊严和民族感情，比如赞美苏格兰反英国统治的民族英雄布鲁斯的诗歌《苏格兰人》"Scot, wha hae!"），就像一首号召苏格兰人民前赴后继，不怕牺牲去争取自由的战歌，充满了豪气。彭斯家喻户晓的诗不少，如《我的心在高原上》（"My Heart's in the Highlad"），《过去的时光》（"Auld Lang Syne"）和《一朵红红的玫瑰》（"A Red, Red Rose"），前两首都被谱成歌曲流传，后面这首非常纯情地表现了年轻人之间以生命相许的坚贞爱情，格律优美，比喻和意象动人，为世代读者喜爱。

另一位前浪漫主义诗人是与彭斯完全不同的**威廉·布莱克（Willian Blake，1757—1827）**。布莱克的父亲是个伦敦小商人，他没有上学，被送去学做版画雕刻，成为他一生的职业。但是他同时喜爱作诗，并为自己的诗歌配版画。他的一些代表性诗歌集中在两个集子里，一部为《天真之歌》（*Songs of Innocence*，1780），另一部为《经验之歌》（*Songs of Experience*，1794），前者收集的多是表述幸福童年和与自然交融相通的诗歌，虽然其中已经夹杂了《小黑孩》（"The Little Black Boy"）和《扫烟囱的孩子》（"The Chimney Sweeper"）这样反映社会阴暗面的小诗；后者则显示了一个成熟诗人的人文主义关怀和对宇宙、人类、大千世界的探求和思考，表现了神秘主义的倾向。他这两个集子里最有代表性的是《老虎》（"The Tyger"）和《羔羊》（"The Lamb"），两者都带有形而上思考，歌颂万能又令人敬畏的上帝同时创造了凶猛无比的猛兽和温顺可爱的羔羊。在羔羊身上，诗人联系了天真、纯洁的孩童和为人类牺牲的耶稣。两个诗集都有"扫烟囱的孩子"，但是同名不同版本。诗人在《天真之歌》里仅仅写出了这些孩子的可怜和他们对幸福的梦想。然而，在《经验之歌》里，这首诗却充满了诗人对麻木的父母、冷酷的社会和虚伪的王权和宗教的尖刻讽刺和谴责。

布莱克

前浪漫主义的另一体现是哥特小说，集中发表在18世纪末至19世纪初。哥特小说既是对笛福、理查逊和菲尔丁等人的写实小说的反动，又是一种补充。从强调禁欲律己的17世纪清教传统到18世纪理性时代，人们在情感和心理上缺少满足。他们不只需要每日的柴米油盐故事，还想从阅读超越现实和充满想象的文学中获得愉悦。因此，出现了描绘远离现实，在阴森古堡里发生离奇经历的哥特小说，让读者的想象力在恐惧和悬念中驰骋。哥特小说诞生与美学观念发展也密切联系着。前面提到过艾狄生的美学文章《论想象的愉悦》强调了"壮丽美"不同于"秀丽美"的美学效应。沙夫茨伯里三世伯爵和爱德蒙·伯克提出了与艾狄生的美学观相呼应的美学理论，即生活中有些灾难和恐怖在艺术加工

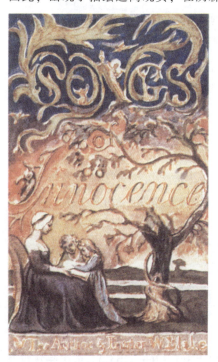

《天真之歌》

《老虎》

哥特小说《奥特朗托堡》封面

后可以带给接受者一种震撼性的愉悦，属于壮丽美范畴，他们为哥特小说的问世提供了理论基础。

第一部哥特小说《奥特朗托堡》（*The Castle of Otranto*）于1764年问世，作者是格雷的同学**贺拉斯·沃波尔（1717—1797）**。《奥特朗托堡》的故事如下：城堡主人曼弗雷德的儿子即将迎娶伊萨贝拉，在婚礼进行中前王子阿尔封索塑像的沉重头盔突然掉下来把新郎砸死。为了有后人继承城堡，曼弗雷德决定自己迎娶伊萨贝拉。这个决定达成时，他的祖父从画像上走下来谴责他，但他仍旧一意孤行。一个神秘青年帮助伊萨贝拉逃到附近一家修道院躲避。这个年轻人是修道院神父的儿子，该神父的真实身份是一位伯爵。伊萨贝拉的父亲到城堡来索要女儿，并要求娶曼弗雷德之女作为交换。此时阿尔封索塑像的鼻子流出鲜血。最后神父告诉年轻人阿尔封索是他的外祖父，是被曼弗雷德谋杀的。在激战中曼弗雷德误杀了自己的女儿，城堡的墙壁坍塌。两个年轻人最终结婚，成为城堡的主人。这部哥特小说只有100页的篇幅，却具备了这类小说的所有基本要素，比如远离现实生活的哥特式阴森古堡，许多神神鬼鬼的征兆出现，一个美丽、纯洁的姑娘因为财产纠纷或邪恶男人而遭到迫害，最终正义战胜邪恶，世界回归正常。

在沃波尔之后，**马修·格里高里·刘易斯（Matthew Gregory Lewis，1775—1818）**于1796年发表了《僧人》（*The Monk*），讲述马德里一个超凡的青年神父如何被魔鬼步步引诱而堕落，最后他劫持并强奸了纯洁的年轻女教徒，把她囚禁在阴森的地下室里，最终将其杀害。事发后，他被宗教裁判所审判并处以死刑，万劫不复。这部小说与后来**马求林（Charles Robert Maturin，1764—1823）**的小说《浪迹天涯的梅尔莫斯》（*Melmoth the Wanderer*，1820）有异曲同工之处，都讲人与魔鬼交易的故事，也都牵涉到宗教和教会人员堕落和犯罪。两部小说都触及了天主教的不人道和虚伪，其中的阴森和恐怖达到令人发指的地步。

1794年哥特小说《阿道弗的秘密》（*The Mysteries of Udolpho*）问世，作者是一位女性，**安·拉德克里夫（Ann Radcliffe，1764—1832）**。故事年代没有

第四章　18 世纪文学（1688—1780）

前面三部那么古老遥远，女主人公是清纯少女爱米丽，一个继承了巨大财产的姑娘。她被垂涎钱财的亲戚劫持到亚平宁山脉的一处古堡里，经历了许多恐怖。最后姑娘逃离了城堡，回到法国，并嫁给了自己的心上人。拉德克里夫的哥特小说也十分成功，但不同于其他哥特小说，她的恐怖和神秘最后都会真相大白，并不是真正的神鬼，也没有雕像流鼻血那样的迷信。比如小说中黑幕遮盖的可怕神秘物最后被发现只是一具包着麻布的蜡像。她小说里所有的恐惧和阴森都是人物在被劫持的陌生环境下的心理作用，因此能被更多读者接受。

哥特小说作为一个文类在18世纪末到19世纪初短暂地形成了热潮，在美国有查尔斯·布诺克顿·布朗（Charles Brockden Brown，1771—1810）发表的《威兰德》（*Wieland*，1798）比较轰动。然而19世纪初之后哥特小说就奇怪地淡出了画面，但是哥特因素却持久不衰地不断在文学和影视里再现。这可能就是人类审美的需求所至。我们很容易从玛丽·雪莱（Mary Shelley，1797—1851）的科幻小说《弗兰肯斯坦》（*Frankenstein*，1818）、勃朗特姐妹的《简·爱》和《呼啸山庄》，还有狄更斯的多部小说中看到哥特因素，更不要说现当代充满了各种神秘、恐惧、谋杀、吸血鬼、妖魔的影视和通俗文学作品。应该说，哥特小说虽死犹存，其影响永在。

女读者读哥特小说《僧人》

第五章

浪漫主义时期文学
(1780—1830)

第五章　浪漫主义时期文学（1780—1830）

卢德派领袖

18世纪末19世纪初的英国正处于剧烈而动荡的社会转型期。首先，全方位的工业发展使"欢悦的古老的英格兰"成为历史。新兴资产阶级从贵族乡绅们手中夺走土地，敛聚资本，迫使大批无地的自耕农和佃农流入城市成为雇工，开始形成了新的城市无产者阶层。这些工人们生活极度贫困，饱受雇主压榨，阶级矛盾的激化达到前所未有的程度，各种自发的工人运动此起彼伏。其中最具规模的是1810—1811年间的卢德派运动。该运动得名于英国历史上第一位砸坏机器的工人奈德·卢德。运动参与者们捣毁织布机和所有手头的机器，以此来抗议资本家们的过度剥削。与此同时，英格兰在18世纪末与爱尔兰、苏格兰和北美殖民地之间的关系也日趋紧张。爱尔兰的新教徒在英国国教支持下迫害天主教徒，激起强劲的反抗浪潮。在北美，英国在美国独立战争中节节失利，丧失了对这片殖民地的控制权。在19世纪上半期，英国不得不频繁调整对内和对外政策来应对接踵而至的内外危机，一个强大的工业化资本主义国家政权在这个过程中逐渐巩固起来。

随着美国独立战争（1776—1783）和法国大革命的爆发（1789），整个欧洲在意识形态领域也同样掀起了一场革命。民主主义思想家托马斯·潘恩（Thomas Paine, 1737—1809）等人的政治言论使民主、平等和自由的观念深入人心。民主运动在英国方兴未艾，以激进思想家们为核心的各种社团组织如雨后春笋般破土而出。民运领袖们积极组织集会、创办刊物，宣传新思想并对各种社会问题畅所欲言。其中，威廉·葛德文（William Godwin, 1756—1836）的无神论哲学对年轻的知识分子们影响至深。一场轰轰烈烈的浪漫主义文学运动应运而生，在1770年至1848年间统领了整个英国和欧陆文坛。从智性层面上说，浪漫主义是对启蒙运动的一种强力反弹。美法大革命和波兰、西班牙、希腊等国的独立战争则在政治上进一步催生和鼓舞了浪漫主义运动。就情感取向而言，浪漫

浪漫主义诗人在布里斯托尔聚会早餐。坐者左起：兰姆、华兹华斯、柯尔律治、多萝西、骚塞

主义是对自我意识和个体经验的一种极致化的表达,同时也注重对无限和超验存在的强烈感知。从社会性上说,浪漫主义与一切进步性的事业同气连枝,但在遭遇挫折时往往会变得苦涩阴郁甚至绝望。浪漫主义的文体特质在于其饱满的激情和张力,创造性的想象力则是浪漫主义的灵魂。

经过18世纪末前浪漫主义的铺垫和酝酿,英国在19世纪上半期迎来了一个厚积薄发、光芒万丈的浪漫主义时代。这一时期最主要的文学成就是诗歌。华兹华斯、柯尔律治、拜伦、雪莱和济慈这五位诗人的耀眼诗作成为英国浪漫主义的时代标志。以华兹华斯和柯尔律治为代表的第一代浪漫主义诗人被称作消极浪漫派。他们在这个大变革的年代选择远离尘嚣,隐居在僻静的湖区专心创作。而以拜伦和雪莱为代表的第二代浪漫主义诗人则属于积极浪漫派,始终以饱满的激情主动投身国内外的政治斗争和革命运动。除此之外,英国文坛在世纪之交还迎来了两位风格迥异的优秀小说家:瓦尔特·司各特和简·奥斯丁。司各特是一位苏格兰裔小说家,以擅写带有浓厚浪漫传奇色彩的历史小说而闻名于世。简·奥斯丁则是英国南部淑媛,她并不属于浪漫派,而是长于以现实主义笔法讲述英国乡村中产阶级的家庭生活和婚恋故事,在铺天盖地的浪漫主义潮流中独树一帜。

一、第一代浪漫主义诗人

被后人合称为湖畔诗人(the Lake Poets)的华兹华斯、柯尔律治和骚塞有很多共同之处:他们都居住在英国湖区或者曾在1800年前后定居于此。年轻时代都曾热心于激进的民主事业和革命运动,但随着法国大革命转向暴力专政和屠杀,他们的政治思想也转向保守,退隐到远离尘嚣的湖区潜心写作,寄情于山水之间。在这三人之中,罗伯特·骚塞(Robert Southey, 1774—1843)最多产也最早得到桂冠诗人的头衔,但其文学天赋和作品本身的艺术性却要逊色不少。下文将重点介绍华兹华斯和柯尔律治。

英国湖区

第五章　浪漫主义时期文学(1780—1830)

威廉·华兹华斯（William Wordsworth, 1770—1850）出生于英国考克茅斯湖区边的一个小村庄。在读小学时，华兹华斯便开始广泛地涉猎文学典籍，并培养起对大自然的浓厚兴趣。华兹华斯17岁进入剑桥大学圣约翰学院，四年后获得学士学位。在剑桥的四年中他养成了在乡间长距离漫步的习惯，甚至曾徒步到法国，瑞士和意大利旅行。1791—1792年华兹华斯再次旅居法国，对法国大革命"平等、自由、博爱"的诉求心驰

华兹华斯

神往。但接踵而至的血腥屠杀和雅各宾专政让华兹华斯对法国大革命的态度陡然反转，带着幻灭的心境回到英国湖区，与妹妹多萝西一同隐居于一处乡舍。这一转变使得华兹华斯在苏维埃背景下的文论界中被定性为"反动文人"，但实际上华兹华斯从未停止思索严肃的人生与社会问题，他只是从一个热血青年转变为一个世事练达、充满人生智慧的哲人。在多萝西的影响下，华兹华斯对大自然的热情进一步升华，又于1795年结识了同样热爱自然的诗人柯尔律治。

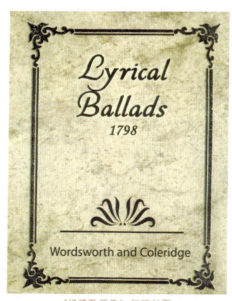

《抒情歌谣集》初版封面

二人意气相投、相互切磋，于1798年共同出版了具有划时代意义的《抒情歌谣集》（Lyrical Ballads）。与此同时，华兹华斯又开始着手创作一部自传性哲理史诗《隐者》（The Recluse），拟以"人"、"自然"和"人的生活"为主题组成一个三部曲。《序曲》（The Prelude）本是这首哲理史诗的序言，但1799年完成时已是洋洋数卷，记述了华兹华斯从童年时代一直到1798年间的人生、艺术和政治思想发展轨迹，完整呈现了"一个作家心灵的历史"。因而《序曲》在实际上已足以独立成篇，并被很多批评家看作是华兹华斯最重要的作品。

《丁登寺》

1802年华兹华斯与同学兼旧友玛丽·哈金森结婚，过着平静简朴的生活，写出很多精彩诗作，并于1807年发表《两卷诗集》（*Poems in Two Volumes*）。《隐者》的第二部分《漫游》（*The Excursion*）完成于1808年左右，发表于1814年，也是《隐者》原计划的三部分中唯一得以完成的。此后进入中年的华兹华斯告别了他的创作巅峰期，在政治和宗教取向上日益保守。1839年牛津大学授予华兹华斯法律学荣誉博士学位。1843年他继骚塞之后成为桂冠诗人，80岁时溘然长逝。

华兹华斯与柯尔律治共同出版的《抒情歌谣集》是浪漫主义新诗的开山之作，也宣告了英国浪漫主义时代的开始。根据二人的写作分工，柯尔律治主笔带有超自然色彩的浪漫诗歌，像《夜莺》（"The Nightingale"）、《古舟子吟》等。华兹华斯则以普通民众和日常生活感悟为核心题裁，如《低能儿》（"The Idiot Boy"）、《我们一共是七个》（"We Are Seven"）、《早春诗行》（"Lines Written in Early Spring"）、《丁登寺》（Lines Written a Few Miles above Tintern Abbey"）等。在这些第一人称抒情诗中，华兹华斯以生活化的语言和自由的无韵诗体或歌谣体来表达自己对日常生活事物的感触。诗人自己的思想、情感和想象力取代外部世界成为诗歌真正的源泉和主要内涵，诗中的"我"也是诗人真正的自我指代。在1800年第二版时，华兹华斯为诗集写了著名的《序言》（*The Preface*），比较完整地阐述了他的诗歌理论。他在《序言》中明确提出："诗是强烈情感的自然流露"。"诗的主要目的在于选取日常生活里的事件和情节，以富有生活气息的诗歌语言来加以叙述和描写"。在这里，"诗的想象力"取代了"理性"至上，自然情感荡涤了辞藻矫饰，"使日常的东西以一种特殊的状态呈现在心灵面前"。这一集一序引发了一场革命，原本是支流诗体的抒情诗开始成为浪漫主义文学的主要体裁。

华兹华斯的诗作大致可以分为三类：第一类以自然为主题，诗人在与大自然的呼应中寻求自我认知。代表作《我像一片孤云飘荡》（"I Wandered

第五章 浪漫主义时期文学(1780—1830)

Lonely as a Cloud")描写当忧郁的诗人在乡间踽踽独行时,一大片迎风起舞的水仙花重新唤起了他内心的喜悦和力量。在《我心雀跃》("My Heart Leaps Up")中,诗人直言"孩童是成人的父亲",愿如赤子一般,在面对大自然时永葆一份天然敬虔之心。第二类是以世间各种孤独的人为主题,像"露西组诗"(the Lucy Poems)中茕茕孑立的乡村姑娘露西,《昆伯兰的老乞丐》("The Old Cumberland Beggar")中孤苦伶仃的老乞丐和《迈克尔》("Michal, a Pastoral")中痛失爱子的老牧人。诗人对这种种孤绝境况给予了深切的同情,对其背后严酷的社会现实也沉吟不已。《孤独的割麦女》("The Solitary Reaper")是这类诗歌中非常特别的一首,诗中描写一个高地姑娘在寂静深广的田间独自收割,"歌声无限悲凉"。诗人的想象力在这"震动灵魂"的神秘歌声中驰骋,歌声的美好让他联想到在赫布里斯群岛为疲倦旅人啼唱的夜莺,歌声的忧伤又让他浮想起古代战场和人世间永无休止的苦痛沧桑。全诗短短数行,营造出一种神秘空灵又带有异域色彩的浪漫忧伤情怀,读罢让人低回不已。第三类是十四行诗。华兹华斯的十四行诗也相当出色,其中《威斯敏斯特桥上》("Composed upon Westminster Bridge")写于1802年9月3日,以优美清新的笔触描述伦敦清晨的宁谧美好,是一首堪与莎士比亚十四行诗媲美的经典之作。

西敏寺和伦敦

柯尔律治

赛缪·泰勒·柯尔律治（Samuel Taylor Coleridge, 1772—1834） 生于德文郡的一个小镇，父亲是当地受人尊敬的教区牧师兼文法学校校长。他从小天资过人，三岁便开始读书，童稚之时已读完《圣经》、《鲁宾逊漂流记》等名著。9岁时，父亲病逝，他被送到伦敦基督慈幼学校读书。在该校寄读的8年间，柯尔律治阅读了大量古典文学作品和古希腊哲学思辩著作。1791年，柯尔律治进入剑桥大学攻读古典文学，开始展露诗才。1793年9月他为了躲债擅自离校，以假名进了皇家骑兵团。四个月后他哥哥找到他把他送回剑桥，但很快柯尔律治就再次离校并一去不返：原来，受法国大革命精神的感召，柯尔律治决心与诗人骚塞一起到美洲新大陆建立一个叫"平等邦"的理想国。为此他还在骚塞的撮合下娶了参与这个计划的骚塞的妻妹。但这个仓促缔结的婚姻并不幸福，柯尔律治为之献身的计划也很快流产，他与骚塞因政见分歧关系破裂，二人分道扬镳。

1795年尔勒律治结识了华兹华斯兄妹，并于次年移居湖区，与华兹华斯密切交往。柯尔律治激赏华兹华斯的诗才，二人在合作《抒情歌谣集》的过程中情谊加深。1798年二人共赴德国，后来柯尔律治独自留下研读德国文学和哲学，并于此间写出了很多佳作。1800年柯尔律治再次回到湖区，此后的几年中他的健康状况恶化，为治疗膝盖肿痛开始吸食鸦片酊并逐渐成瘾，诗歌创作陷入低潮，与妻子和华兹华斯的关系也日趋紧张。1810年柯尔律治和华兹华斯大吵一场后友谊破裂，他独自离开湖区。1816年他来到伦敦医生吉尔曼夫妇家里，一面接受治疗，一面授课、写作。在医生家里，柯尔律治度过了相对平静的余生，写出了不少精彩诗篇，并出版了文学批评著作《文学传记》（*Biographia Literaria*, 1817）。他与华兹华斯也逐渐和解。晚年的柯尔律治声名日隆，常有英美各地的仰慕者前来拜访，1824年他被选为皇家学会成员。这时的柯尔律治已不再激进，思想上日趋保守，转向唯心主义哲学和宗教哲思。柯尔律治始终未能戒掉毒瘾，常年服用鸦片严重损害了他的健康，最终死于心肺衰竭。

第五章 浪漫主义时期文学(1780—1830)

柯尔律治并非多产诗人,作品中还有不少是残篇,但他却无疑是湖畔诗人中天赋最高的。如果说华兹华斯擅长赋予日常事物以新奇魅力,柯尔律治则对超自然的奇异事件情有独钟,诗作有天外来音般的奇诡,可谓是英国浪漫主义的一朵奇葩。代表作有《古舟子吟》("The Rime of the Ancient Mariner",1798)和《忽必烈汗》("Kubla Khan")。《古舟子吟》是《抒情歌谣集》的首篇,也是柯尔律治最优秀的完整诗作。这首诗叙述了一个奇特的超自然故事。一个老水手向一位要去参加婚礼的男子讲述了他自己不寻常的海上经历:在一次航海途中,老水手信手射杀了一只信天翁,结果为全船人带来厄运。船在海中停滞不动,水手们一个接一个地死于饥渴,只剩下老水手在死去同伴怨毒的诅咒眼神中独自煎熬。后来,当他真心忏悔并怀着怜爱之心向海上出现的水蛇祝福时,诅咒终于解除。老水手倦极睡去,死去的船员们还魂驾船将他送回英国,在即将靠岸时这艘船沉入大海,老水手则被一艘来迎接他的小船接

《古舟子吟》插画:老舟子与死去的信天翁

走。这样一个恐怖的罪与罚、赎罪与救赎的故事在内容上显然是超现实的,但柯尔律治对海景和人物细腻入微的生动刻画却赋予了这个奇幻故事一种摄人的真实感。这种写作方式影响了许多后世作家。美国自然主义小说家斯蒂芬·克莱恩(Stephen Crane)的短篇故事《海上扁舟》(*The Open Boat*)和埃德加·艾伦·坡的中篇小说《阿瑟·高登·皮姆的故事》(*Narrative of Arthur Gordon Pym*)在情节和写作风格上都有《古舟子吟》的影子。

《忽必烈汗》是一首仅有54行的残诗。据柯尔律治自述,一日他因身体不适,饮了一点鸦片酊,当时他正在读一篇有关忽必烈建造宫殿的游记,没读完就因药物发作而睡着了。梦中得诗二三百行,醒来后记忆犹新,便赶快记录下来,但写到54行时,一位不期而至的客人把他打断了,之后便再也记不起其余的诗行。但这短短54行诗句已足以名垂千古,很多优秀的批评家认为这是英诗

中最美妙的诗行。《忽必烈汗》为读者呈现了一幅充满东方情调的梦幻图画：在遥远的东方，大汗忽必烈下令在上都建造宫殿，那里有清澈见底的河流、深不可测的洞穴、绚丽繁茂的花园、古老幽深的森林……巨擘下，泉水汹涌、石块飞舞。残篇末尾，画面突然转向手拨琴弦的非洲少女，曼妙琴声让诗人如饮琼浆玉液般沉醉痴迷、灵感喷涌。《忽必烈汗》中没有超自然元素，但这番异域神游同样让读者心醉神驰。

柯尔律治同时还是一位杰出的文学批评家。在《文学传记》一书中他阐述了以想象力为核心的浪漫主义文学理论，他说："诗的天才以良知为驱体，幻想为外衣，运动为生命，想象力为灵魂——而这个灵魂到处可见，深入事物，并将一切合为优美而机智的整体。"以此为根据，柯尔律治为他自己被称作"魔幻诗"（demonic poems）的作品辩护，也褒扬了华兹华斯的诗作，但不赞同后者以下层社会乡村生活为主题的创作主张。《文学传记》全书充满哲思，对现代文学批评以及"新批评派"有很大影响。柯尔律治同时还是浪漫主义"莎评"的开创者之一。1810—1820年间，他做了一系列关于莎士比亚的讲演，重新激起文坛对莎士比亚作品的研读兴趣。这些演讲稿后来收集为《关于莎士比亚讲演集》（Lectures on Shakespeare）。

二、第二代浪漫主义诗人

与湖畔诗人不同，积极浪漫主义诗人拜伦和雪莱对国内外如火如荼的民主革命事业始终热情百倍。他们不仅在诗作中热烈激昂地表达自由平等的理念，还经常参与和支持国内外民运斗争，对宗教信仰的态度也极为叛逆。保守派不满于他们作品中那"撒旦般的骄傲和肆无忌惮的不敬度"，称他们为"撒旦派"（"Satanic School"）。

乔治·戈登·拜伦（George Gordon Byron, 1788—1824）生于一个破落贵族家庭。拜伦天生跛足，生性敏感，幼年生活困顿，10岁时意外继承了

拜伦画像

第五章 浪漫主义时期文学(1780—1830)

伯祖父的男爵爵位和世袭领地,3年后进入了贵族学校哈娄公学,在那里学习古典文学,同时也大量阅读启蒙思想家伏尔泰、卢梭等人的著作。1805年拜伦入读剑桥大学,两年后他的第一部抒情诗集《悠闲时光》(*Hours of Idleness*)问世,却招致《爱丁堡评论》的恶评。愤怒的年轻诗人以一首双韵体讽刺诗《英国诗人与苏格兰评论家》(*English Bards and Scottish Reviewers*)予以回击,并嘲讽那些得到这本著名文学杂志青睐的湖畔诗人,初次显示了他堪与蒲柏比肩的讽刺才能。1809年,拜伦取得硕士学位后到欧陆旅行,游访那些处于外国势力统治下的国家:葡萄牙、西班牙、阿尔巴尼亚、希腊和土尔其。两年后拜伦回国以世袭贵族身份进入上议院,并在上议院发表著名演说,抨击政府对卢德运动的惩罚法案。同年,拜伦出版了长诗《恰尔德·哈罗尔德游记》的前两章,一举成名。1815年拜伦与一位贵族女子成婚,但婚后一年妻子就因无法忍受拜伦在私生活上的放纵而与他正式分居。与此同时拜伦与同父异母的姐姐奥古斯塔之间的暧昧关系也招来各种蜚短流长。强大的舆论压力迫使拜伦于1816年4月永久离开英格兰。

离开英格兰后,拜伦在瑞士与同样流亡国外的诗人雪莱相遇并结为密友。这期间,他写下了叙事长诗《锡隆囚徒》("The Prisoner of Chillon",1816),讲述瑞士爱国者波尼瓦如何带领人民为家乡自由而战。短诗《普洛米修斯》("Prometheus")则与雪莱的诗剧《解放了的普洛米修斯》相呼应,赞美这位盗火天神甘为人类自由献身的牺牲精神。雪莱夫妇离开日内瓦回国后,拜伦也启程前往意大利。旅居意大利的七年间,拜伦热心参与意大利烧炭党人抗击奥地利占领者的活动,诗歌创作也进入高峰期。他在这期间完成

西敏寺和伦敦

了《恰尔德·哈罗尔德游记》的三、四章（1816，1818），诗剧《曼弗雷德》(*Manfred*, 1817)、《该隐》(*Cain*, 1821)、讽刺长诗《审判的幻景》和讽刺性史诗《唐璜》的前16章等名作。1823年拜伦被希腊人民反土耳其的斗争所吸引，中断了《唐璜》的写作，奔赴希腊去支援当地的民族解放战斗，并斥巨资为希腊军队招募士兵、购买军械，还努力调解其内部纠纷，但同时又对希腊军队中的腐败现象和各种恶习深感失望。1824年拜伦病倒在军营中，于4月19日不治而逝。希腊人为拜伦举行了国葬，遗体被送回伦敦，但西敏寺拒绝接纳这位"道德有问题"的诗人，拜伦最终被安葬在他自己故乡的小教堂里。

《恰尔德·哈罗尔德游记》(*Childe Harold's Pilgrimage*, 1812—1818) 是拜伦的成名作，它使诗人"一夜醒来，发现自己已经成了名人"。这首4140行的长诗通过青年贵族恰尔德·哈罗尔德（恰尔德是中古时代对准骑士的尊称）的游历反映了拜伦自己的旅途见闻和感受。主人公恰尔德的性情也与拜伦本人相仿，他高傲不羁又多愁善感，由于对庸俗虚伪的上流社会深感厌倦而成为一个自我放逐者，渴望在大自然和纯朴的底层人民中间寻得心灵的释放与满足。长诗以斯宾塞体写成，前两章采用仿史诗的架构，借哈罗尔德之口记事抒怀，但从第3章开始，漂泊异乡的拜伦便抛开这种古雅文体，用更适合他自己的热烈奔放的笔触直抒胸臆，淡化叙事性，凸显政论性和抒情色彩。哈罗尔德也是第一个"拜伦式"主人公，由他开始，拜伦塑造了一系列类似的人物，如《东方叙事诗》之一《海盗》("The Corsair", 1814) 中的主人公康拉德，哲理剧《曼弗雷德》中的主人公曼弗雷德，等等。他们高傲倔强，不满现实，面对恶势力敢于奋起反抗，是罪恶社会的叛逆者和充满激情的反抗者；但同时又阴郁孤绝，傲世独立，是极端的个人主义者和悲观的自由主义者。这种极致化的拜伦式主人公形象对19时期中晚期的文化和文学潮流影响颇深。

《唐璜》(*Don Juan*) 是一篇16000行的长篇诗体小说，虽然只完成原计划24章中的16章，却已赫然是历史上最长的英语诗作，并且当之无愧地跻身世界名著之列。唐璜本是14、15世纪西班牙家喻户晓的一位传说人物，这位贵族青年十分英俊潇洒，但却风流成性、情债缠身，最终身陷地狱。在文学作品中唐璜往往被用作"登徒子"的代名词。但拜伦笔下的唐璜却呈现出迥然不同的风貌：他被描述为一个普通的西班牙贵族青年，因与有夫之妇的恋情曝光而被迫逃离西班牙，从海难中逃生后在一个希腊小岛上与海盗的女儿海蒂相遇相恋，又被海蒂的海盗父亲强行分开。唐璜被送到君士坦丁堡的奴隶市场上卖入苏丹后宫，他拒绝了王妃的求欢逃出宫去，参加了沙俄对伊兹密尔的袭击，后来成为俄国女皇凯瑟琳二世的宠臣，被派出使英国，周旋于伦敦的贵族名流之间。长诗到此中断。按照拜伦的写作计划，唐璜后来会投身法国大革命，并在巴黎的街垒战中牺牲。唐璜身上显然有一些拜伦早年生活的影子，或者说是折射了拜伦心目中的自我形象：他本性善良、热情而富有同情心，虽然也有意志薄弱，放任自由的一面，但并不是放纵情欲的登徒子。他的一连串风流韵事似乎都不是有意为之，而是环境命运的安排与女人们主动追求的结果。当然，在这部巨著中，拜伦并没有着意去塑造唐璜这个形象，而旨在借唐璜曲折复杂的遭遇，展现一幅广阔的欧洲各国社会风貌图，以便针砭时弊，并号召人们起来为自由而战。

讽刺诗也是拜伦擅长的文学类型。《审判的幻景》（"The Vision of Judgement"，1821）是其中最优秀的代表作。该诗是对骚塞1821年同名诗作的讽刺性反写。骚塞在他的《审判的幻景》中叙说自己如何在幻景中看到刚刚病逝的英王乔治三世进入了天堂，并在该诗的序言中直指拜伦是"撒旦派"的头领。拜伦则套用骚塞的主题予以反讽：乔治三世来到天堂门口，天使圣彼得却不愿给他开门，原因是自从1789年之后就没人进过天堂了，天堂的门锁和钥匙都锈住了。托利党的保守派天使们都来声援乔治三世，而魔鬼撒旦则跑来要带乔治三世下地狱。双方争得不可开交，桂冠诗人骚塞被传唤来为国王作证。骚塞大声诵读他的《审判的幻景》，结果天使和魔鬼都听不下去了，纷纷逃离现场，乔治三世便趁乱溜进了天堂。此诗发表后大受欢迎，出版商却因"损害国王形象"而被罚款。

拜伦在浪漫主义时期享有盛名，但后来他在西方文坛的地位逐渐衰落，到20世纪下半期，多数西方文学评论都认为拜伦的诗作缺乏深度，在结构、措词和用典的技巧上也都逊色于其他几位浪漫主义诗人。也许，拜伦对于他眼前具体的时代生活是太过于专注和投入了，以至于失去了超越时代的眼界和气度。

佩西·比舍·雪莱（Percy Bysshe Shelley, 1792—1822）生于英国苏塞克斯郡的贵族家庭，他的父亲是个观念保守的老爵士。雪莱自幼接受良好教育，12岁那年又进入贵族伊顿学校。在伊顿，雪莱坚持独立思考，自尊自立，公开反

雪莱

抗当时英国学校欺侮新生的传统，被师生们孤立。他于是潜心于课外阅读，受英国民主主义思想家葛德汶的乌托邦理念影响很大。雪莱的文学创作活动始于伊顿学校，1810年出版了与妹妹合写的诗集，诗作虽不成熟，但已表露出他热爱自由、同情弱者、反对暴政的民主倾向。同年雪莱直入牛津大学，他激进的自由理念与保守的校规校风格格不入。1811年雪莱撰文《无神论的必然性》（The Necessity of Atheism），宣扬无神论，结果被学校开除，父亲也与他断绝关系。19岁那年雪莱同16岁的海里霭·威斯布鲁克私奔到苏格兰，并在爱丁堡结婚。1812年初，夫妻二人几经辗转后落脚于爱尔兰的都柏林。爱尔兰人民困苦不幸的生活和不屈不挠的反抗精神让雪莱深受震动，他写下《致爱尔兰人民书》（An Address to the Irish People）和《人权宣言》（Declaration of Rights），批判英国政府的民族压迫政策，提倡自由、平等、博爱的精神。回到英国后，雪莱自费出版了他的第一首长诗《麦布女王》（Queen Mab, 1813），以梦幻和寓言的形式，抨击教会腐败与贫富悬殊等社会不公现象，展示了诗人对未来世界的乌托邦构想和社会主义理念，激起保守派的愤怒。

1814年至1816年间，性格智趣的差异和长期颠沛困苦的生活使雪莱和海里霭的关系逐渐恶化。与此同时，雪莱结识了他仰慕已久的威廉·葛德汶并与其长女玛丽相爱。1816年12月，海里霭投河自尽，几周后雪莱便与玛丽正式结婚。雪莱的婚变在上流社会掀起轩然大波，报刊对他进行攻击，法院判决剥夺他对两个孩子的监护权。雪莱深受打击，为了不致影响到他与玛丽所生子女的教养权，雪莱携家永远离开英国，移居意大利。在意大利，雪莱与早年结识于日内瓦的拜伦重逢，两人惺惺相惜，共同探讨诗歌创作和政治议题。雪莱的主要作品大多写于这一时期，比如诗剧《解放了的普洛米修斯》、悲剧《钦契》、为悼念济慈而作的挽诗《阿都尼斯》（"Adonais", 1821）以及许多优

玛丽·雪莱

第五章 浪漫主义时期文学(1780—1830)

雪莱的葬礼

雪莱墓碑

秀的政治诗与抒情诗。1822年7月8日，雪莱乘坐自己的小船"唐璜"号横渡意大利的一个海湾时遭遇风暴沉没，10天后遗体被冲到岸边。拜伦等好友为这位天才诗人举行了希腊式火葬，次年1月，雪莱的骨灰被安葬于罗马一处新教墓地，墓碑上用拉丁文写着："波西·比舍·雪莱——众心之心"。

诗剧《解放了的普罗米修斯》（*Prometheus Unbound*, 1819）是雪莱最为杰出的长诗代表作。在希腊神话中，天神普罗米修斯是人类的创造者也是人类无私的导师和守护神，他不顾天帝宙斯的禁令帮助人类窃取天火，暴虐的宙斯将他绑在高加索的岩石上，白天派秃鹰啄食他的肝脏，夜晚又让他的肝脏复生，无休无止地折磨他，但普罗米修斯坚忍地承受苦难，从来不曾在宙斯面前丧失勇气。他还掌握着宙斯的一个秘密——宙斯与海上女神忒提斯结婚所生的孩子会推翻他的帝位。普罗米修斯不肯泄露这个秘密，忍受了数千年的酷刑。古希腊悲剧作家埃斯库罗斯根据这个神话故事写了悲剧三部曲，留存于世的只有《被缚的普罗米修斯》。另外两部《盗火者普罗米修斯》和《解放了的普罗米修斯》都已失传，但从残存的断片中

雪莱画像：在创作《解放了的普罗米修斯》

可以看出，故事的结局是普罗米修斯最终与天帝和解。雪莱在序言中直言他的这部诗剧正是取材于埃斯库罗斯的原作，但他决定改写结局，赋予诗剧新的意义。雪莱把普罗米修斯与撒旦相比较，认为二者都是不畏强权、为自由奋战到底的反叛者，区别在于撒旦的反叛是出于自己的野心、嫉恨和复仇欲，而普罗米修斯则是为了人类的福祉和宇宙的秩序而战，具有一种无可比拟的道德崇高性。全剧共有四幕。第一幕中，普罗米修斯被缚在岩石上已数千年之久，他不妥协，也不悲泣。天帝朱庇特（宙斯的拉丁文名）派神使麦鸠利和复仇女神来逼问预言，他坚守秘密，深信未来的胜利。第二幕中一对追随普罗米修斯的姐妹来到冥王府，听冥王讲述宇宙的神秘历史，以及普罗米修斯是如何教化和帮助人类的。到第三幕，冥王将朱庇特打入地狱，普罗米修斯获得释放，与代表大地之灵和时间之灵的姐妹二人重聚。第四幕全篇都是有韵的歌唱，宇宙万物一片欢欣景象。全诗在正义战胜邪恶，自由代替专制的胜利喜悦中收尾，充分体现了雪莱乐观热忱的乌托邦社会理想。

雪莱的抒情诗脍炙人口。其中最著名的《西风颂》（"Ode to the West Wind"）写于1819年的一个秋日，林间清冽的秋风激起了诗人的创作灵感。全诗以五音步抑扬格一气呵成，共有五节。前3节赞美西风既是旧事物的摧毁者又是新生命的建造者：它扫荡落叶，传播种子、驱散云团、释放雷电、激荡大海，以势不可挡之力摧枯拉朽、催发新生。在后两节中诗人向西风呼求，渴望不惜一切代价成为它的代言人："奋勇者呵，让我们合一！/请把我枯死的思想向世界吹落，/让它像枯叶一样促成新的生命！"该诗的最后两行："要是冬天/已经来了，西风呵，春日怎能遥远？"已经成为千古名句。《西风颂》的押韵格式是三联韵：aba, bcb, cdc, ……，绵绵不绝，仿佛与阵阵西风相应和。每节末尾以双韵句结束，层次分明，气势磅礴。

雪莱在文学理论方面也很有造诣。《诗辩》（The Defense of Poetry, 1821）便是一篇著名的文论。雪莱写《诗辩》是为了反驳其友皮科克在《诗的四个时期》一书里提出的"诗已过时"的观点。他在文中探讨诗的发生、发展史，并对当代诗歌状况进行分析，指出当前这个支离破碎的世界比以往任何时代都更需要诗歌，因为诗歌承载了人类对自由与真爱的想象和热望，而这种热情的想象力具有成就真知真善的力量。雪莱把诗人称为"世界的无冕立法者"，把莎士比亚、但丁、弥尔顿等诗人看作"最高等的哲学家"。此外，雪莱受唯

第五章　浪漫主义时期文学(1780—1830)

心主义哲学和泛灵论影响很大,重视直觉和灵感在创作过程中的作用,他的诗论集中体现了积极浪漫主义美学观点和诗歌理论。

约翰·济慈(John Keats, 1795—1821) 并不像他的两位诗友拜伦和雪莱那样热衷于民主事业,而是单纯地借诗歌来表达自己对"美"的热爱和追求。济慈出生于伦敦郊区,父亲是马车行老板。济慈的童年生活安稳幸福,8岁时进入恩菲尔德一所私立学校读书,校长的儿子克拉克成为他的良师益友,引导他广泛阅读荷马和斯宾塞等人的文学作品。然而1804年,济慈的父亲不幸坠马身亡,母亲再嫁后不久便死于肺结核,孩子们唯一能投靠的外祖母也很快离世。济慈弟兄有限的一点家产被委托给一位朋友经营,这位所谓的保护人

约翰·济慈

却从中克扣,使孩子们窘困的生活雪上加霜。为了肩负起养家糊口的重任,济慈15岁就不得不辍学,给一个外科医生当了4年学徒,后来又到一家医院实习了两年。这期间,济慈始终保持对文学的浓烈兴趣。在克拉克的鼓励下,他开始摹仿斯宾塞的诗歌进行创作。激进的政论家、诗人雷伊·亨特(Leigh Hunt, 1810—1873)欣赏济慈的才华,在他主编的《检察者》杂志上发表了几首济慈的小诗。后来经亨特介绍,济慈又结识了雪莱、哈兹列特(William Hazlitt, 1778—1830)、兰姆(Charles Lamb, 1775—1834)等浪漫主义诗人和散文家。1816年,济慈取得助理医师职,却在纠结良久之后决心弃医从文,同年10月济慈写出他的第一首佳作《初读查普曼译荷马史诗》("On First Looking into Chapman's Homer")。

1817年,济慈的第一部诗集出版,初露风华。紧接着,诗人又于1818年推出长诗《恩底弥翁》("Endymion")。然而,保守文人不满济慈与亨特等进步文人的交往,把他归入以亨特为核心的"伦敦佬诗派"。济慈的两部作品先后遭到保守刊物《黑森林》(*Blackwood Magazine*)和《评论季刊》(*Quarterly Review*)的恶意攻击。在这种不公正的压力之下,济慈仍笔耕不辍。1818年至1820年初,济慈完成了《伊莎贝拉》、《圣爱格尼斯之夜》等长诗,以及《夜

济慈博物馆：济慈在汉姆斯顿住过的地方

油画：维纳斯和阿多尼斯

济慈手稿

莺颂》、《希腊古瓮颂》、《秋颂》（"To Autumn"）等著名短诗。这段创作上的黄金期同时也是济慈命运的最低谷：1818年夏，手足情深的弟弟汤姆染上肺结核，几个月后撒手人寰，而济慈自己也不幸被传染。随后，济慈与18岁的范妮·布朗相爱订婚，却因经济困窘、疾病缠身而无法履行婚约。1820年济慈病情恶化，不得不停止写诗，9月间他遵医嘱去意大利疗养，次年病逝于罗马，年仅25岁。很多人认为，济慈的英年早逝与保守势力对他的逼迫打压不无关系。济慈一直到死也未能享受到他应得的赞誉。雪莱在他的挽诗《阿都尼斯》里把济慈比做古典神话中的美少年阿都尼斯，为美神维纳斯所钟爱，并以阿都尼斯被野猪所伤比喻济慈生前无辜所受的伤害。

济慈的抒情诗最负盛名，而其中的一系列颂诗又是他抒情诗中的绝唱。《夜莺颂》（"Ode to a Nightingale"）是济慈的代表作。诗人陶醉于夜莺的美妙歌声，想在其中忘怀现实世界的苦痛："远远地、远远隐没，让我忘掉/你在树叶间从不知道的一切，忘记这疲劳、热病和焦躁，/这使人对坐而悲叹的世界。"《希腊古瓮颂》（"Ode on a Grecian Urn"）与《夜莺颂》齐名。诗中所咏叹的希腊古瓮是美和艺术生命力的象征，像诗歌一样凝结了人类短暂的生命体验，使其永垂不朽。瓮身图案上追逐嬉戏的少年男女，他们的爱情和美貌永不褪色，那听不见的笛声在想象中分外甜美。而为了保持这种完美，古瓮又必须远离尘嚣，独守清芳，"等暮年使这一世代都凋落，/只有你如旧……/美就是真，真即是美，这就包括/你们所知道和该知道的一切。"短短数行，凝练了诗人美学哲思的精华。

《圣爱格尼斯之夜》（The Eve of St. Agnes）将奇幻元素与罗密欧朱丽叶式的爱情主题相结合，描写圣爱格尼斯节前夜，一对出身敌对家庭的年轻人如何成功私奔。该诗韵律优美，色彩奇艳绚丽，想象力极为丰富，堪称是爱情故事诗的登峰造极之作。《伊莎贝拉》（Isabella）取材自薄迦丘的《十日谈》，贵族小姐伊莎贝拉大胆爱上家中的仆人罗伦德，但罗伦德被她势利的哥哥杀害。伊莎贝拉将爱人的头埋在花盆里朝夕相守，可后来连花盆也被哥哥夺走，伊莎贝拉伤心而死。长诗情节突兀跌宕，极富浪漫主义气氛，反映了济慈的社会平等理想。在他去世前的短短六年里，济慈为英国文学留下一笔让世人惊艳的财富。随着时间的推移，济慈在文坛的声誉与日俱增，他对美的敏感、激情和悟性都让人叹为观止。

《夜莺颂》配图

《圣爱格尼斯之夜》插画

三、小说家司各特和奥斯丁

瓦尔特·司各特（Walter Scott，1771—1832） 出生于苏格兰首府爱丁堡的一个古老家族，父亲是律师。司各特从小就是个羸弱的孩子，还因患小儿麻痹症有点跛脚，因此他的童年大都是与祖父在一个景色优美的苏格兰边区农场里度过的。小司各特在那里建立起对普通苏格兰民众的感情，也收获了古老苏格兰历史传说的第一手资料。司各特15岁时进了父亲的事务所当帮手，1792年从爱丁堡大学毕业后成为律师，后任塞尔科克郡副郡长和爱丁堡高等民事法庭庭长。但文学比法律更让司各特着迷，他常趁假日去边区搜集民间

司各特

历史传说和歌谣。1802—1803年，司各特分3卷出版了《苏格兰边区歌谣集》（*The Minstrelsy of the Scottish Border*），引起广泛反响。1805年，诗人推出第一部诗作《最后一个行吟诗人之歌》（*The Lay of the Last Minstrel*），根据仅存的一位老行吟诗人的口述描写16世纪苏格兰与英格兰间的战争，获得巨大成功。这以后他又连续发表了《玛密恩》（*Marmion*, 1808）、《湖上夫人》（*The Lady of the Lake*, 1810）等叙事长诗，以中古时期苏格兰、英格兰的历史事件或民间传说为题材，在宏大的历史背景和壮美的自然风光中表现男女主人公所经历的战火与爱情，具有浓郁的浪漫主义色彩，在当时受欢迎的程度超过华兹华斯和柯尔律治的《抒情歌谣集》。1813年司各特谢绝了"桂冠诗人"的头衔，于是这顶桂冠才有机会落到骚塞头上。

然而，真正让司各特享誉后世文坛的是他的历史传奇小说，他堪称是这一文学体裁的开创者和奠基人。1814年，司各特匿名发表小说《威弗利》（*Waverley*），反响之热烈超乎他本人意料。此后他的叙事才能一发而不可收，连续以笔名"威弗利"发表了20多部小说，深受读者欢迎，但直到1827年司各特才公开承认自己的著作权。1820年他接受"从男爵"封号，此后一直被尊称为"瓦尔特·司各特爵士"。1825年，司各特与人合伙经营多年的出版社陷入严重的财务危机，司各特没有选择宣告破产，而是抵押自己的房产和收入，独力承担了高达13万镑的巨大债务。此后司各特为了还清债务加倍勤奋写作，积劳成疾，于1832年病逝。司各特死后，他的小说继续大卖，终于偿清了所有的债务。

司各特的历史小说，按题材大致可分为3类。第一类小说取材自苏格兰历史，写于小说创作初期。其中最著名的是《罗布·罗伊》（*Rob Roy*, 1817）和《米德洛西恩的监狱》（*The Heart of Midlothian*, 1818）。罗布·罗伊本是山地氏族后裔，被世道生活所迫忿而为盗。他四处行侠仗义，抗击英国军队，成为深孚众望的绿林英雄，堪称是"苏格兰的罗宾汉"。《米德洛西恩的监狱》以1736年爱丁堡市民反对英国统治者的一次历史暴乱为背景，塑造了一个纯朴高尚的普通苏格兰姑娘珍妮·迪恩斯。珍妮来自一个虔诚的新教徒家庭，她妹妹被错当作杀婴犯判处死刑。为了解救妹妹,珍妮徒步来到伦敦请求王后赦免。她的勇气、真诚和自我牺牲精神令人难忘。在司各特的苏格兰小说中,字里行间可见作者对故土的热爱。他拥护苏格兰的民族独立,留恋它古老的生产方式和淳朴豪迈的民风。

第二类是以英格兰历史为主要内容的小说,历史跨度较大,从中世纪都铎王朝历经斯图亚特王朝,直至17世纪革命和复辟时期。《艾凡赫》(*Ivanhoe*, 1819)是其中的代表作。该书通过萨克逊贵族后裔艾凡赫的冒险经历和爱情波折,生动地再现了英国"狮心王"理查统治时期复杂的民族矛盾和社会矛盾:萨克逊贵族与诺曼贵族之间的民族矛盾,诺曼封建主与以罗宾汉为代表的被压迫农民之间的阶级斗争,统治阶层内部王室、贵族与教会势力之间的权力争斗等等。故事曲折跌宕,人物形象鲜明丰满,是作者最为脍炙人口的小说。

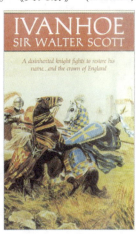

《艾凡赫》封面

司各特的第三类小说取材于法国及其他欧陆国家的历史故事。其中最重要的是《昆丁·达沃德》(*Quentin Durward*, 1823)。苏格兰青年昆丁是法王路易十一的近卫兵,小说以他与伯艮第公爵之女伊莎贝尔之间的浪漫爱情故事为主线,描写奸狡精干的路易十一与暴烈冲动的伯艮第公爵查理之间的政治斗

司各特自建的旧式城堡内景

法，既肯定了路易十一加强中央集权在历史上的进步意义，也谴责了他为达目的而不择手段的卑劣行径。小说在展现政治风云的同时，也为读者呈现了一幅细腻多彩的法国15世纪社会风俗画。

司各特历史小说的突出特点是浪漫主义与现实主义的完美结合。他非常擅长将广阔的历史背景与虚构人物的浪漫传奇经历糅合在一起，既塑造出许多栩栩如生的历史人物和普通人形象，又能真实而深刻地反映历史发展推陈出新的总趋势，在肯定新世界进步性的同时，也强调从历史传统中汲取道德精粹的重要性。司各特的历史小说对19世纪的许多欧美作家都产生过重要的影响。比如英国的狄更斯，法国的雨果、大仲马，美国的库柏等。

不同于司各特，**简·奥斯丁**（**Jane Austen, 1775—1817**） 不仅是诗歌时代的小说家，还是浪漫主义潮流中的现实主义作家。她的作品结合了菲尔丁的幽默讽刺传统和理查逊的女性婚恋主题，以细腻写实的手法生动展现了尚未受到工业革命冲击的英国乡村中产阶级生活，在当时流行的感伤主义和哥特式小说中独树一帜，深受读者欢迎。

简·奥斯丁

简·奥斯丁出生于英国南部汉普郡一个和睦的小乡绅家庭，在八个弟兄姊妹中排行第七，父亲是当地的教区牧师。奥斯丁曾断续地上过寄宿学校，但主要的教育资源来自她父亲丰富的藏书。奥斯丁有过两段短暂无果的恋爱，终生未婚，与家人生活在一起。但这一切这并不意味着她的世界局限于远离尘嚣的乡村生活。奥斯丁曾多次随家人旅行、迁居，长时期生活于中心城市巴斯、骚桑普顿，也常去伦敦。她还有两个兄弟在英国海军服役。显然，奥斯丁不可能与当时国内外重大的历史事件隔绝，但她有意将自己的艺术表现范围限定在她最熟悉和擅长的乡村生活题材上，以精笔细描一个村镇上的三四户人家为乐。奥斯丁的所有作品都围绕年轻小姐在婚恋问题上的困境和难题而展开。其中《理智和情感》（*Sense and Sensibilities*, 1811）因好莱坞同名影片的成功而格外著名，但实际上奥斯丁最优秀的代表作是另外两部小说：《傲慢与偏见》（*Pride and Prejudice*, 1814）

与《爱玛》（Emma, 1815）。

《傲慢与偏见》的女主人公伊丽莎白是小乡绅班纳特先生5个待嫁女儿之一，她美丽聪敏、幽默机智，有敏锐的观察力和极强的人格尊严感。她反感攀附权贵的势利牧师柯林斯，断然拒绝了他的求婚；对为人正派但过于矜傲的贵族青年达西也很有成见，同样当面回绝了他屈尊纡贵的求婚。意外受挫后，达西反躬自省，学会谦和待人，并暗中帮助伊丽莎白平息她妹妹的私奔事件。得知真相后，伊丽莎白深受感动，消除了对达西的偏见并接受了他的第二次求婚。两位地位悬殊却在精神上平等契合的青年男女终于喜结良缘。与此同时，伊丽莎白善良的姐姐简与达西的朋友宾利也在达西的帮助下消除误会，终成眷属。而与这两姐妹爱情财富双丰收的美满婚姻相对照，伊丽莎白的朋友夏绿蒂为了现实利益嫁给她不爱的柯林斯，伊丽莎白轻佻的妹妹丽迪雅则草率地与一位负债累累的卑劣军官私奔，两人都成了小说中的反面典型。

《傲慢与偏见》 插图

《爱玛》是奥斯丁小说中最为评论界看好的一部。俏丽自负的富家女爱玛在悠闲无聊的乡居生活中热衷于为人牵线做媒。她坚持要为她喜爱的贫苦私生女哈瑞特找一位体面的绅士为偶，一厢情愿地把哈瑞特先后介绍给牧师埃尔顿先生、年轻富有的弗兰克·邱吉尔和地方官奈特利先生，结果都是乱点鸳鸯，闹出许多始料所不及的笑话，也给当事人添了无数烦恼。最后爱玛终于意识到了自己的专断和肤浅，不再阻挠哈瑞特与她从前的恋人农夫马丁结合，同时也发觉自己与奈特利先生

19世纪初的女读者

才是真正情投意合、样样般配的一对。奥斯丁在《爱玛》中出色地运用了双视角：作者视角和主人公视角，使读者既能清楚地看到爱玛任性骄纵的性格缺陷，又能充分理解她率真诚实的善良本性。小说弥漫着喜剧色彩，奥斯丁以她一向擅长的微妙反讽打破了中产阶级精神上狭隘的优越感，迫使人们以更立体、更实际的眼光看待现实和自我。

  作为在英国浪漫主义时代各领风骚的两位小说家，奥斯丁与司各特的写作主题和艺术手法都是迥然不同的，但这并不妨碍二人彼此欣赏。司各特曾在著名的《评论季刊》上对初出茅庐的奥斯丁大加赞赏，称赞她的写实手法细腻生动，把日常生活细节和普通人物描绘得栩栩如生。的确，正如奥斯丁自己所说的，她的作品就像是"在一块两寸宽的象牙上用细细的画笔轻描慢绘"，虽然题材很窄，却一样能够充分展现一个活色生香的小世界，并折射出作者本人对生活带哲学意味的审思与评判。在铺天盖地的浪漫主义激情中，奥斯丁耐人寻味的理性叙事使18世纪中期的小说写实传统得以延续，同时也成为19世纪现实主义小说的先导。

第六章

维多利亚文学
(1830—1880)

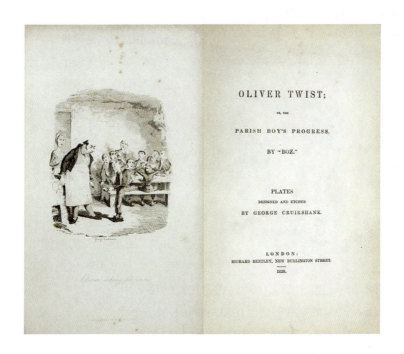

维多利亚女王一家

维多利亚展览会上的机器

北方工业城

1837年,维多利亚女王即位,开始了英国历史上长达64年的维多利亚时代,这也是"大英帝国"走向繁荣、显赫又逐渐盛极而衰的时代。19世纪30年代以后,最早实行工业革命的英国继续保持在技术革新和应用上的领先势头,纺织、印刷、制造业、铁路运输和电报通讯业都得到了长足发展。英国成为全世界最强盛的工业国。作为"世界工厂",它的产品大量出口到世界各地,不仅垄断了国际市场,还依仗其强大的经济和军事力量不断地扩展殖民地。到19世纪中期,英国控制的地区之广已超过了古罗马帝国,被称作"日不落帝国"。经济实力日益雄厚的资产阶级也实现了他们在政治上的突破。1832年通过的《第一修正案》(*The First Reform Bill*)将选举权扩大到中产阶级下层,在推动民主化进程的同时大大加强了资产阶级的政治实力。

但与此同时,国内局势却危机四伏。在相当长的时间里,工人们都未能分享大英帝国的繁盛,反而成为资本积累过程中最大的受害者:他们的生活困苦不堪,工作条件极端恶劣。30年代兴起的宪章运动(1838—1848)强烈要求立法改革,使工人享有选举权。1845年全英农作物严重欠收,粮价飞涨,工人生活难以为继,暴动频发。1846年英国政府终于废除《玉米法令》,允许从国外进口低价粮食,经济危机在自由贸易的调节中得到缓解。此后的二十多年间国内局势相对稳定,

第六章 维多利亚文学(1830—1880)

1867年《第二修正案》通过，工人阶级中的成年男子终于得到了选举权（而女人们则直到一战后才争取到这一基本政治权利）。

维多利亚时代同时也是一个各种"学说"、"主义"林立的智性年代，功利主义和自由主义随着中产阶级的兴盛成为这一时期的流行价值观。功利主义认为"利己"或"追求快乐"是人类行为的根本动力和终极目的，因而不考虑一个人行为的动机与手段，仅考虑该行为的结果对最大快乐值的影响。能增加最大快乐值的就是好的，正当的。自由主义则强调人权，尤其是中产阶级个人权利的至高无上，政府职能应仅限于维持社会秩序，对经济的干预应该越少越好。这种经济自由主义在推动工商业自由发展的同时无视底层人民的疾苦，往往会加剧贫富两极分化。信奉家长制的托利党人则反对自由主义，强调政府对国计民生所负的主导性责任，推动政府通过废除《玉米法令》、降低税收和增加进口等举措来改善人民生活。较为激进的社会主义学说也在这一时期初露锋芒。英国的费边社所倡导的是一种民主社会主义理念，主张以民主渐进的方式实现社会公平和互爱，是英国工人阶级对福利国家制度最早、最直接的要求。而英国民主宪政的发展和劳工组织的日渐成熟也让费边主义者看到了理想实现的希望。

在宗教领域，现代科技的发展助长了怀疑情绪。功利主义思想家边沁称宗教不过是一种迷信。德国的"《圣经》批评派"则把《圣经》当作纯历史文本加以理性阐释和分析。达尔文的《物种起源》（*The Origin of Species*, 1859）更是公开以自然进化论否定《圣经》的上帝创世说，其"物竞天择，适者生存"的理念也被很多人用来为贫富两极分化的社会状态辩护。在这种情况下，由牛津大学的一些英国国教高派教会教士掀起"牛津运动"，力图通过恢复罗马天主教会的某些教义和敬拜形式来重建英国国教的权威。而以循道宗（Methodists）为核心的英国福音派则恪守新教教义，秉持清教道德观，在英国国教低派教会和社会中下层人群中拥有广泛的影响力。敬虔的福音派强调在生活中效法基督，热心投入到帮扶受压迫者和边缘群体的改革事业中，成功推动了英国的废奴运动。但另一方面福音派所崇尚的勤勉、克己、奋发向上的清教美德在中产阶级价值观中却被世俗化，演变成对自然情感的盲目压制以及对世俗成功和外在"体面"的过分关注。在光鲜可敬的外表下透着虚伪与功利的绅士和夫人们因此成为维多利亚时代的标志性人物形象。

正如狄更斯在《双城记》开头所说的，"这是最好的年代，这是最坏的年代，这是智慧的年代，这是愚昧的年代，这是信仰的年代，这是怀疑的年代，这是光明的年代，这是黑暗的年代。"在繁荣与问题共生的维多利亚时代，各种社会矛盾比以往更为复杂化和明朗化，人们对这些问题的洞察与反思也更为全面和深刻。1832年，司各特离开人世，英国的浪漫主义时代也落下了帷幕。随后登台的维多利亚文学呈现出一种截然不同的风貌：作家们不再醉心于浪漫传奇，而是倾向于以冷静写实的态度，真实而立体地表现现实生活。这一时期无论是小说、诗歌还是散文，都具有浓厚的现实主义色彩。散文家托马斯·卡莱尔（Thomas Carlyle, 1795—1881）、约翰·斯图亚特·穆勒（John Stuart Mill, 1806—1873）、约翰·罗斯金（John Ruskin, 1795—1821）、托马斯·麦考莱（Thomas Macaulay, 1800—1895）、约翰·纽曼（John Henry Newman, 1801—1890）和马修·阿诺德（Matthew Arnold, 1822—1888）都是著名的思想家和评论家。他们的散文作品内容涵盖了政治、文化、科学、教育、历史和宗教等各个社会领域，文风自然，逻辑缜密，体现出作者深厚的文化底蕴和强烈的社会责任感。不过相对而言，维多利亚时期小说和诗歌的成就更令人瞩目，也更能代表这个时代博大精深的文学造诣。

一、 主要小说家

小说创作在维多利亚时代进入了一个厚积薄发的空前繁盛期。这时期的小说以现实主义手法为主要依托，对复杂的社会问题和人性盲区从多重角度予以剖析和批判，其中最优秀的经典之作能够在保持厚重沉郁之风的同时，又不失浪漫主义情怀对现实的超越性张力。狄更斯、萨克雷、勃朗特姐妹、乔治·艾略特和盖斯凯尔夫人等都是这一时期成就斐然的小说家。

查尔斯·狄更斯（Charles Dickens, 1812—1870）是英国最有影响的批判现实主义小说家。他出生于普次茅斯，父亲是海军总务处的小职员。狄更斯在故乡度过了快乐的童年时光，家中堆放书籍的顶楼成了他的乐园：《唐吉诃德》《汤姆·琼斯》、《亨弗利·克林克》和《鲁滨孙飘流记》等经典小说滋养了他的文学兴味和想象力。狄更斯10岁时全家迁居伦敦郊区，此后由于父母不擅理财，家境每况愈下。父亲在狄更斯12岁时终于进了负债人监狱，狄更斯不得不

第六章 维多利亚文学（1830—1880）

辍学到伦敦一家鞋油作坊当学徒，在长达两年的时间里每周工作六天，每天工作10小时，只有周日才能到狱中与家人团聚，备尝艰辛和屈辱。所幸后来父亲继承了一小笔遗产缓解了困境，狄更斯得以重返校园，但最终还是不得不在15岁中学毕业后就出去谋生。他先是进入一家律师行当缮写员，后来又转入报馆，成为一名报道国会辩论的记者，专门采访英国下议院的政策辩论，也时常环游英伦采访各种选举活动。这些工作经历使年轻的狄更斯对伦敦社会的内幕弊端和人情世故有了深刻的了解。在采访之余，狄更斯开始用笔名"博兹"撰写一系列轻松幽默的小品文，于1836年汇集出版。同年，狄更斯应邀为一组漫画配写文学说明，结果配文的影响力远远超出了漫画本身。狄更斯于是将其扩充为一部小说，《匹克威克外传》（*Pickwick Papers*）由此诞生。这部成名作

狄更斯

狄更斯1845年出演琼生的《人人高兴》

狄更斯小说中描写的伦敦小康之家（左）和贫困之家（右）

采用流浪汉小说结构和幽默讽刺的笔法，描写匹克威克先生及同伴的一系列旅行遭遇，展现出一幅生动的19世纪早期英国社会生活画。此后狄更斯的文学创作灵感一发而不可收，在34年的写作生涯中共推出了二十多部小说和故事集，深受国内外读者欢迎。从1853年开始，狄更斯常在公开场合朗诵他的作品，常年乐此不疲，直到生命终了。然而繁重紧张的创作和对改革现实的失望过早地损害了他的健康。1870年，在写作小说《爱德温·德鲁德》（Edwin Drood）期间，狄更斯突然中风与世长辞，终年58岁。狄更斯去世后被安葬在西敏寺的诗人角，墓碑上如此写道："他是贫穷、受苦与被压迫人民的同情者；他的去世令世界失去了一位伟大的英国作家。"

狄更斯的小说创作生涯大致分为两个阶段，以40年代初期为分界线。早期的六部长篇小说多采用流浪汉小说的松散结构，围绕主人公的个人遭遇展开叙事，在抨击社会问题的同时也对自上而下的社会改良充满乐观的盼望。在这些故事中，罪恶的根源被归咎于个别坏人，而饱受欺凌的小人物常常能得到仁爱的资产者的庇护。"这一时期的代表作有《雾都孤儿》（Oliver Twist, 1837—1838）、《尼科拉斯·尼克贝》（Nicholas Nickleby, 1839）、《老古玩店》（The Old Curiosity Shop, 1840—1841）和短篇小说《圣诞欢歌》（A Christmas Carol 1843）等。然而在狄更斯创作的后期，他对社会性、体制性罪恶的认识不断深化，痛苦、压抑和愤懑的情绪逐渐替代了原先的轻松幽默。但狄更斯依然希望小人物能以自身的温情和道德感化力量去与社会罪恶抗衡。在现实主义小说艺术上，狄更斯后期的作品也日臻完善：结构更紧凑，人物更立体，主题也更加鲜明深刻。代表作有《大卫·科波菲尔》（David Copperfield, 1849—1850）、《荒凉山庄》（Bleak House, 1852—1853）、《双城记》（A Tale of Two Cities, 1859）和《远大前程》（Great Expectations, 1861）等。

《老古玩店》插图

《大卫·科波菲尔》是一部带有浓厚自传色彩的小说。大卫·科波

第六章 维多利亚文学（1830—1880）

菲尔是遗腹子，母亲慈爱善良但性情软弱，母子俩饱受其后夫摩德斯通先生的摧残和欺压：大卫被送进一所条件恶劣的寄宿学校，而母亲则在不久后就郁郁而终。母亲死后，冷酷的继父把10岁的大卫送进啤酒作坊当童工。大卫不堪忍受那里非人的待遇，逃出伦敦去多佛投奔素未谋面的姨婆。好心的姨婆收留了大卫，还送他去上学。毕业后大卫到一家法律事务所当实习生，后来经过努力成为作家。在经历了不成熟的第一次婚姻后，大卫与姨婆律师之女艾格妮斯结成幸福的伴侣。在大卫的坎坷经历中，作者描写了许多自己最熟悉的人间惨境：孤儿的命运、寄宿学校的景况、童工的境遇、负债人监狱的场景等。在披露这些社会问题的同时，狄更斯也塑造了许多生动鲜活的正面和反面人物：冷酷自私的摩德斯通以婚姻为手段谋占孤儿寡妇的财产；事务所的书记员尤利亚·希普表面恭顺，心地歹毒，设计攫取了威克菲尔律师的财产和地位，还图谋霸占律师的女儿艾格妮斯。与他们的道德沦丧相对照，大卫的保姆辟果提一家则散发着温暖明亮的人性光辉。辟果提始终无私地挚爱和帮助大卫，她的哥哥还收养别人的孤儿寡妇，不同姓氏组成的贫贱之家充满温情友爱。大卫把他们引为自己真正的朋友和榜样，始终坚守正直、诚实、善良、勤勉

《雾都孤儿》初版扉页

《大卫·科波菲尔》封面

的品性，在冷酷无情的社会竞争中保全了人的尊严和情感。然而值得注意的是，《大卫·科波菲尔》中的恶人并没有像《雾都孤儿》中他们的同类那样恶有恶报。尤利亚入狱后还在继续行骗，而摩德斯通先生又骗娶了一个单纯的女人，继续靠侵吞弱女子的财产度日。由此可以看出，作者在主题基调上已经开始转向严肃和沉郁。

《双城记》是狄更斯小说中非常特别的一部佳作。这本以法国大革命为背景的历史小说具有浓厚的浪漫传奇色彩。故事里的"双城"指的是巴黎和伦敦,前者是各种矛盾斗争的漩涡中心,而后者则是暴风雨中的避难所和归隐地。小说情节围绕梅尼特医生的曲折经历展开。法国革命前夕的一个月夜,梅尼特医生忽遭绑架被强迫出诊,意外发现贵族圣厄弗里蒙德侯爵蹂躏农家妇女并杀害她家人的罪行。医生因知情而被关入巴士底狱,妻子心碎而死,幼女露茜被好友接到伦敦,在女仆普洛斯抚养下长大。18年后,已经精神失常的梅尼特医生在旧日仆人得伐石帮助下出狱,由女儿路茜接到英国居住并在女儿的悉心照料下恢复了神志。这时故事的发展突然出现转折:露茜爱上了他们在回英旅途上邂逅的法国青年查尔斯·达奈,不料达奈正是圣厄弗里蒙德侯爵的亲侄子。梅尼特医生为了女儿的幸福,决定埋葬过去,欣然同意他们的婚事。但大革命后的巴黎十分血腥,以得伐石太太为代表的暴民不仅把有罪贵族送上了断头台,也对无辜者滥开杀戒。远在伦敦的达奈为了营救老管家冒险回国,一到巴黎就被捕入狱。梅尼特父女闻讯后赶去营救。医生凭其巴士底苦囚身份赢得众人尊敬,他的证词感动了法庭,达奈当庭获释。但正在此时,得伐石太太突然出示并当庭宣读了当年梅尼特医生在狱中写下的血书:向苍天和大地控告圣厄弗里蒙德家族所有的人。原来得伐石太太就是被害农妇的妹妹。于是情势陡转直下,达奈被群情激昂的革命法庭判处死刑。就在医生一家人面临绝境之际,一直暗暗爱慕路茜的律师卡尔登买通狱卒混入监狱,药昏与他相貌酷似的达奈,顶替达奈登上了断头台。梅尼特一家刚刚启程离开法国,因仇恨而疯狂

《双城记》插图

第六章　维多利亚文学（1830—1880）

的得伐石太太又到梅尼特住所搜捕路茜及其幼女，在与忠仆普洛斯的争斗中因枪支走火而毙命。狄更斯在这部小说中既深切同情被侮辱和损害的底层人民，深刻揭露了法国贵族阶级的残暴和腐败，又对法国大革命的血腥滥杀痛心疾首，心有余悸。他提倡以善胜恶、以爱制恨和社会改良。《双城记》的叙事结构也很有特色：冤狱、爱情与复仇三个互相独立而又互相关联的故事通过关键人物梅尼特医生的遭遇交织在一起，结构完整严密，情节跌宕曲折、扣人心弦。

《远大前程》是狄更斯创作晚期一部成熟严谨的"成长小说"。孤儿匹普自幼与刁悍的姐姐和忠厚慈爱的姐夫铁匠乔，共同生活。当地一位贵族老小姐哈薇香经常派人带匹普到家里陪她的养女艾丝黛拉玩耍。匹普爱上了美貌的艾丝黛拉，却饱受后者的嘲笑轻蔑。匹普在痛苦之余也开始厌弃自己的贫贱出身，渴望出人头地。恰在此时，匹普突然时来运转，得到一位不知名的贵人资助，得以赴伦敦接受他一直渴望的上等人教育。匹普以为是哈薇香小姐为成全他和艾丝黛拉的婚事而有意栽培他，庆幸自己终于拥有了"远大前程"。到伦敦后不久，匹普就沾染了纨绔子弟的恶习，过起纸醉金迷的生活，疏远了自己真正的朋友乔。然而他的绅士梦没做多久就破灭了：原来资助他的恩人不是什么贵族，而是他小时候曾帮助过的一名逃犯马格威奇，他所钟情的艾丝黛拉正是这个逃犯的女儿。情场失意的老小姐哈薇香收养艾丝黛拉就是为了教唆她用美貌去折磨男人，以解自己心中积怨。后来，冒险回国探望匹普的马格威奇不幸再次被捕。匹普痛改前非，找回了失落的纯真和亲情。他到狱中照料病重的马格威奇，让他安然离世。几年后，匹普通过自己的诚实努力成为童年好友赫伯特的生意合伙人。而错嫁花花公子的艾丝黛拉也在婚姻失败后对爱情的真谛有所感悟。在小说的最后，两个年轻人在死去的哈薇香小姐旧居前重逢，暗示二人会携手开始一种平实而幸福的新生活。《远大前程》是狄更斯在艺术手法上备受称道的一部小说，书中前后呼应的情节、巧妙的象征手法和饱满的人物刻画将匹普自我认知过程中一波三折的人生际遇和心理路程展现得极为生动，普通劳动者的纯朴善良与上层社会的道德堕落也形成了鲜明对照。

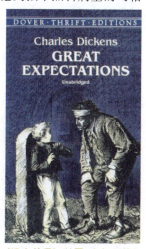

《远大前程》封面：童年匹普与马格威奇

近年来，对于狄更斯作品的研究呈现式微之势。很多评论家认为狄更斯的心理刻画不够细腻，在反面人物和癖性人物的塑造上过于夸张和戏剧化。然而这种文学审美趣味的变化并不能抹杀狄更斯本人的艺术成就：作为维多利亚时代最伟大的小说家，狄更斯永远是英国文学史上的巨人。

威廉·梅克庇斯·萨克雷 （William Makepeace Thackeray, 1811—1863）也是维多利亚时代颇负盛名的批判现实主义小说家。萨克雷出生于印度的加尔各答，父亲是东印度公司的一位税务员兼高级行政官，家境富裕。在他4岁时父亲去世，一年后母亲把他送回英国接受教育。1829年，萨克雷从查特公学毕业进入剑桥大学，却对学校生活不感兴趣，独爱画漫画和编小报，不久就离开学校去法德两国游历。回国后他曾一度攻读法律，但最终还是投身报业。1833年，主办报纸《国旗》失败后，他去巴黎专攻美术。这一年，萨克雷的生活发生巨大变化：印度银行倒闭，他的全部存款化为乌有。一夜间沦为穷人的萨克雷开始卖文为生：他在报纸杂志上用各种笔名撰写幽默讽刺故事，还自己配上插图。1840年，萨克雷遭遇了人生中第二次重大打击：他结婚4载的妻子在生养第三个孩子后精神失常。他不得不把妻子送到精神病院，将三个孩子托给自己的母亲照顾。经历人生剧变的萨克雷开始以更锐利的眼光观察和认识生活。他从1842年起为著名的讽刺杂志《笨拙画报》（Punch）撰稿。1848年，他把为该杂志撰写的40篇讽刺性特写汇集出版，推出了他的第一部重要作品《势利小人集》（The Book of Snobs）。该书以诙谐嘲讽的笔触塑造了一系列势利者形象，针砭对象囊括了贵族、神职人员、军官和政府官员等各个统治阶层成员。

萨克雷

1847至1848年间分期发表的长篇小说《名利场》更是使萨克雷声名大噪，正式确立了他在英国文学界的重要地位。此后他陆续发表了《潘登尼斯》（Pendennis, 1848—1850）、《纽可姆一家》（The Newcomers, 1855）、历史小说《享利·艾斯芒德》（The History of Henry Esmond, Esquire, 1852）和续篇《弗吉尼亚人》（The Virginians, 1857—1859）。1860—1862年，萨克雷主编《康希尔杂志》，为之撰写了一系列亲切隽永的小品文，汇编成《转弯抹角随笔集》（*Roundabout Papers*, 1863）出版。1863年12月萨克雷中风病逝。

《名利场》封面

《名利场》是萨克雷的杰作，小说藉班扬《天路历程》中罪恶的"名利场"来讽喻19世纪初年虚伪功利的英国上流社会。故事围绕大家闺秀爱米丽亚和孤女蓓基·夏泼的生活经历展开。爱米丽亚和蓓基是寄宿学校的同学，毕业后爱米丽亚带无依无靠的夏泼回家短住。蓓基出身贫寒，但攻于心计、不择手段。来到爱米丽亚家后，她想方设法勾引爱米丽亚的哥哥乔斯，无奈乔斯生性腼腆怯懦，不做回应。蓓基不得不到毕脱爵士家当家庭教师。毕脱爵士同父异母的独身姐姐有7万磅家产，家族各房为得到财产继承权竟相献媚邀宠。毕脱爵士的次子罗登最得这位老小姐宠爱，为此蓓基努力接近罗登，与他暗暗成婚，可是并没得到向往的继承权，还为此痛失成为老爵士夫人的机会。夫妻二人被老爵士扫地出门。后来蓓基得到好色的斯丹恩勋爵的庇护，成功跻身上流社会，甚至风光出入宫廷。然而，靠借贷蒙骗维持的奢华生活好景不长，丈夫罗登入了负债人监狱，出狱后撞破妻子与斯丹恩勋爵的不正当关系，当场与二人反目，愤而出走。蓓基无法再在伦敦立足，境况一落千丈。在窘迫潦倒之时，她又设法缠上乔斯，并成功谋得了他的遗产。奋斗半生的蓓基渴望从此过上贵夫人生活，但她已经继承爵位的儿子却拒绝与她相认。与此同时爱米丽亚的生活也经历了大起大落。她的父亲不幸破产，未来的公公奥斯本立刻翻脸不认人，禁止儿子乔治迎娶她。乔治的朋友杜宾撮合了他们的婚姻。后来乔治在滑铁卢战役中战死，爱米丽亚一直怀念丈夫，直到10余年后偶遇蓓基，才知道乔治在奔赴战场之前曾约蓓基私奔。幻灭心灰之余，爱米丽亚终于接受了痴爱她一生的杜宾。

小说的副标题："一部没有英雄的小说"，突出了全书的批判色彩。的确，书中呈现在读者面前的是一群"目无上帝的人"，他们"除了荣华富贵什么也不崇拜，除了功名利禄什么也看不见"。处心积虑往上爬的蓓基、贪婪粗鄙的毕托爵士一家和荒淫自私的斯丹恩勋爵都是名利场的典型代表。而爱米丽亚虽然天性单纯却不免流于肤浅，她对追名逐利的超脱更像是一种盲目的天真。她回报杜宾的因此也只能是一种"浅薄的、残缺不全的爱情"。杜宾就像看透世情的萨克雷一样,在生活中找不到精神归宿。显然,在萨克雷看来,个人的仁爱之心和道德完善已难以拯救这个堕落的世界。

在维多利亚时代,萨克雷是声名仅次于狄更斯的小说家。他与狄更斯一起继承发扬了菲尔丁开创的社会风俗小说传统。但与情感丰沛、喜用夸张手法的狄更斯不同,萨克雷更偏重冷静白描的写实态度,擅长以冷消的笔触描写他所熟悉的中产阶级中上层的日常家庭生活。从这个角度说,萨克雷的文风题材都更接近18世纪的现实主义小说。从19世纪晚期开始,萨克雷的文名渐渐衰落,但《名利场》始终以其对上流社会和堕落人性本身的透彻解读而在英国文学史中稳占一席之地。

勃朗特三姊妹

勃朗特三姐妹(The Brontë Sisters)是英国家喻户晓的作家,在当代读者中也深受欢迎。由于篇幅所限,这里只能重点介绍三姐妹中相对更有影响力的两位:**夏洛蒂·勃朗特**(**Charlotte Brontë, 1816—1855**)和**艾米丽·勃朗特**(**Emily Brontë, 1818—1848**)。

勃朗特姐妹的父亲帕特里克出身于爱尔兰裔农民家庭,靠自身努力成为一名优秀的剑桥大学毕业生,在约克郡山区荒凉的哈沃斯小镇担任牧师。他和妻子有五女一子,这是一群天资聪颖的孩子。夏洛蒂五岁的时候,她们的母亲患肺结核去世。1824年,父亲把夏洛蒂、艾米丽和她们的两个姐姐送到附近的一所慈善学校,该校生活条件非常恶劣,教师还经常体罚摧残学生。一年后父亲就把四个女儿都接回家自己教养,但两个姐姐已因营养不良染上肺病,不久就夭折。在接下来的六年里,活下来的勃朗特三姐妹和兄弟布兰威尔在姨妈的照料下度过了他们童年相对最为平静愉悦的时光。四个几乎与世隔绝的孩子在童趣昂然的智力游戏和阅读写作中变得更加聪敏灵秀。他们围绕着父亲所送的12个小木偶创作了许多充满奇思幻想的故事和小短诗,为他们未来的文学创作奠定了基础。

第六章 维多利亚文学(1830—1880)

夏洛蒂·勃朗特

1831年，15岁的夏洛蒂进入罗海德女校学习，1832年以优异成绩毕业后回家担负起教养弟妹的责任。3年后，夏洛蒂又回校任教，还安排妹妹艾米丽入校读书，但天性内向又极其恋家的艾米丽很快就因思乡心切而忧郁成病，夏洛蒂不得不送她回家。1839至1841年期间，夏洛蒂曾两次担任短期家庭教师。家庭教师在当时是待遇菲薄的低下职业，身份与佣仆相差无几，从《简·爱》的描述中可以想见夏洛蒂当家教时所遭受的歧视和屈辱。

1842年夏洛蒂与妹妹艾米丽前往比利时布鲁塞尔一所私立寄宿学校学习，为以后自己开办学校做准备。1844年姊妹二人一起在家乡开办学校，但却无人报名，此后她们就将全部精力投入到文学创作中。1846年，她们以假名自费出版了《柯勒、埃利斯和阿克顿·贝尔诗集》(*Poems by Currer, Ellis and Acton Bell*)。诗集只卖出两本，姐妹俩便转而开始创作小说。夏洛蒂创作的第一部小说《教师》(*Professor*)六次遭到退稿，直到她去世后两年才得以刊印。而她的第二部小说《简·爱》(*Jane Eyre*)则在1847年顺利出版并获得了巨大成功。同年，艾米丽的小说《呼啸山庄》(*Wuthering Heights*)和小妹安妮的《艾格妮斯·格雷》(*Agnes Grey*)也相继问世，但都没有得到多少关注。尤其是《呼啸山庄》，在当时还引来了不少负面评论。1848年9月，艺术之路屡屡受挫的布兰威尔因酗酒吸毒而染病去世。体质柔弱的艾米丽在葬礼当天染上风寒，但她拒绝任何治疗，仍每天坚持写作并操持家务，于同年死于肺结核。从小依恋艾米丽的小妹安妮在次年也离开了人世，只留下夏洛蒂独自陪伴年迈的父亲。在巨大的哀痛中，夏洛蒂继续创作了《雪莉》(*Shirley,* 1849)和《薇莱特》(*Villette,* 1853)。1854年，夏洛蒂在几经犹豫后与她父亲的副牧师阿瑟·贝尔·尼可尔斯结婚。婚后，她开始写作新小说《爱玛》(*Emma*)，但不久便死于严重的孕期综合症，也有人说她是死于肺结核和抑郁症。

自叙体小说《简·爱》是夏洛蒂的代表作，从问世至今拥有不计其数的忠实读者。孤女简·爱自幼寄住在舅母家，受尽欺侮，在纤弱沉默的外表下内心

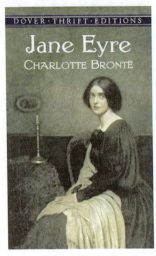

《简·爱》封面

却极为刚烈，不时会表现出强烈的反抗精神。10岁时，简·爱被舅妈送到一所叫劳沃德的慈善学校，校长是个冷酷的伪君子，总是想方设法从精神和肉体上虐待孤儿。简·爱从温柔忍耐的海伦身上学会了克制和隐忍，从女教师坦普尔小姐那里感受到了爱和尊重，性格变得平和、坚强。几年后，18岁的简·爱来到桑恩菲尔德庄园当家庭教师。庄园主罗彻斯特表面阴沉霸道，内心向往真情，两人几经波折后相爱订婚。在婚礼上，罗切斯特被指证重婚：他的疯妻伯莎就关在庄园大宅的阁楼里。简·爱并不怨恨罗切斯特隐瞒真相，但却不能牺牲尊严与他继续相守，在事发当晚毅然出走。牧师圣约翰和他的两个妹妹收留了饥寒交迫的简，并为她安排了一个乡村教师的职位。不久，简在海外创业的叔叔去世，简在继承两万英镑巨额遗产的同时意外发现圣约翰兄妹正是她亲娘舅家的表哥表妹，于是欣喜地将遗产与他们一同分享。表兄圣约翰认为简是他传教最理想的助手，因此虽然并不爱简却执意向她求婚，以便二人能一起去印度宣教。简拒绝了他的求婚，听从自己内心的召唤返回桑恩菲尔德庄园去看望罗切斯特。不料庄园已被疯女人放火烧成一片废墟，罗切斯特没能救出疯妻，却因此受伤失明并失去了一只手。但简对一无所有的罗切斯特不离不弃，毅然与他结合，两个赤诚相爱的人终于得到了真正的幸福。

其貌不扬、瘦小倔犟的简·爱打破了英国文学传统中对女性非天使即恶魔的两极角色定位。简无疑是个正直善良、坚守传统道德底线的好姑娘。但她既没有天使般的美貌，也没有男权社会所要求于女性的天使般的柔顺忘我。相反，她那种自强自尊的人格力量和炽烈的情感对男权文化构成了一种潜在的威胁和破坏力。简从小便为维护自身的生存权利和人格尊严而抗争，她对爱情的追求也始终包含着对平等人格的坚守。她曾勇敢地向罗切斯特宣告自己虽然贫穷、低微又不漂亮，却具有与他一样丰富的灵魂，在上帝面前两人是平等的。这段经典告白中包含了强烈的宗教平等观念和民主人文思想，在受父权文化和等级社会压抑的人群中引起了极大的共鸣。然而从故事结局对二人地位大逆转的安排，我们也能看出：作者在执著追求平等人格的同时，

第六章 维多利亚文学(1830—1880)

也清醒地意识到在现实世界中女人单靠精神力量实现平等是何等困难。

《呼啸山庄》则讲述了一对撒但式恋人疯狂的爱情和复仇故事。在约克郡旷野山区一个阴沉僻静的小镇上有一座呼啸山庄,山庄主人恩肖先生从利物浦街头捡回了一个吉卜赛弃儿,取名希斯克利夫。恩肖先生对这个阴沉倔犟的孩子百般宠爱,甚至忽视了自己的一双儿女。小主人亨德里一直嫉恨希斯克利夫夺走了本应属于他的父爱,而他的妹妹凯瑟琳虽然贵为小姐,在精神上却跟希斯克利夫一样也是个野性未驯、不受羁绊的"弃儿",两人自幼心心相印,形影不离,一起在荒原上奔跑嬉戏。恩肖先生死后,亨德里把希斯克利夫贬为干粗活的佣人,剥夺了他受教育的机会。而凯瑟琳却总是设法躲开亨德里的视线,照旧与希斯克利夫一起玩耍嬉闹。他们的爱情是独特的,并非单纯男欢女爱的两情相悦,而是互以对方为生存的必要条件。凯瑟琳告诉女仆艾伦:"我就是希斯克利夫!他永远在我心里……作为我自己本身而存在",而对于希斯克利夫,"失去[凯瑟琳]之后,生存将是地狱"。但是一次

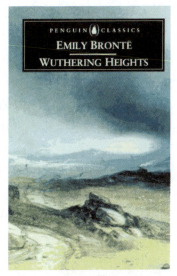

《呼啸山庄》封面

艾米丽·勃朗特

偶然机会让凯瑟琳结识了画眉山庄的主人林顿一家。他们所代表的高雅斯文的"文明世界"吸引了凯瑟琳,她开始意识到自己与希斯克利夫在门第和身份上的悬殊,转而接受了画眉山庄少主人林顿的求婚。希斯克利夫愤而出走,凯瑟琳因他的不告而别大病一场,三年后嫁入画眉山庄。婚后平静优越的生活和丈夫林顿温和宽厚的爱都不能填补凯瑟琳心中的空虚。又过了三年,神秘发迹的希斯克利夫衣锦还乡,欣喜的凯瑟琳一心想要在愤懑的丈夫和心怀叵测的希斯克利夫之间维持和平,结果局势却很快失控,失望愤怒的凯瑟琳变得歇斯底里,精神恍惚,在生下女儿小凯瑟琳之后身心交瘁而死。而此时希斯克利夫的复仇计划早已顺利展开:他引诱亨德利赌赙,把呼啸山庄抵押给他。又骗娶了

林顿的妹妹伊莎贝拉。凯瑟琳死后,伤心欲绝的希斯克利夫变得更加疯狂:他诱导亨德里酗酒致死,霸占了呼啸山庄,把亨德里唯一的儿子哈里顿变成一个粗野而愚忠的仆从。又设计强迫小凯瑟琳嫁给自己病恹恹的儿子小林顿。小林顿死后,希斯克利夫占有了画眉山庄,终于成为两个山庄的主人。然而,残酷的复仇并没有使希斯克利夫感到快慰,他一天比一天更凄狂地思念死去的凯瑟琳,不久就痴癫绝食而死。与此同时,小凯瑟琳与哈里顿这对本性善良的表兄妹也终于消除了误解,开始互生情愫,并在希斯克利夫死后得到了各自的家业和相爱的自由。这个阴沉悱恻的故事在结尾处终于透出了一丝甜美和一线晨曦。

《呼啸山庄》表现了等级制度下尖锐的阶级矛盾对人物心理所造成的冲击和扭曲,具有很强的现实批判性。同时小说又充满了野性激情和哥特式的黑色浪漫:凯瑟琳和希斯克利夫之间的惨烈爱情有一种非人间的狂野和极端性,而大量梦境幻觉描写和象征手法的运用也为全书营造出一种神秘魔幻的氛围。在循规蹈矩的维多利亚时代,这样一部狂放不羁的小说不仅冲击了当时的伦理道德观,对读者的艺术鉴赏力也是很大的挑战,无怪乎在问世时远不如《简·爱》受欢迎。实际上,后世评论家普遍认为《呼啸山庄》在艺术性和深度上已经超越了《简·爱》,而一生深居简出、默默无闻的艾米丽无论是作为诗人还是小说家,其天份在勃朗特三姐妹中都是最高的,她那澎湃奇诡的想象力更是让很多浪漫主义时代的作家也相形见绌。

乔治·艾略特 (George Elliot, 1819—1880) 原名玛丽·安·埃文斯(Mary Ann Evans),生于沃里克郡的阿伯里庄园。父亲在庄园当代理人,是政治观点

乔治·艾略特

保守的英国国教信徒。玛丽相貌平平,但自幼聪慧敏感,依恋故土亲情。故乡小镇的自然风光和保守的人情世貌在她以后的创作中留下了深刻印记。9岁时,父亲把她送到一所寄宿学校,该校的女校长是一位热忱的福音派基督徒,崇尚加尔文主义清教道德观,对玛丽影响很深。16岁时,母亲去世,姐姐出嫁,玛丽只好辍学回家。在帮父亲打理家务和参与慈善活动之余,她博览群书,各种时新的政治哲学观点动摇了她从

第六章 维多利亚文学(1830—1880)

小培养起来的宗教信仰。1842年初,她宣布不再相信上帝,但父亲的激烈反应迫使她妥协,此后玛丽依然勉强上教堂做礼拜,但从理性上怀疑上帝的存在。然而这种宗教怀疑论并不妨碍她深切理解和同情一切虔诚的宗教情绪,并终身持守带有浓厚宗教色彩的传统价值观和道德责任感。

1846年,玛丽翻译出版了德国唯物主义哲学家施特劳斯的《耶稣传》(*Life of Jesus*)。父亲死后,艾略特曾赴瑞士旅行,归来后移居考文垂,翻译出版了德国唯物主义哲学家费尔巴哈的《基督教的本质》(*Essence of Christianity*, 1854)等学术理论著作,在思想界产生了很大影响。与此同时,她还为《威斯敏斯特评论》撰稿,在1850年担

乔治·艾略特的出生地

任了这份刊物的副编辑,结识了哲学家赫伯特·斯宾塞和乔治·亨利·刘易斯(George Henry Lewes)等人。刘易斯是当时著名的理论家和评论家,婚姻不幸,但受英国当时过于严苛的婚姻法所限而无法离婚。玛丽与他志趣相投,于1854年秋与他公开同居,在当时成为轰动一时的丑闻。正是在被亲友孤立的日子里,玛丽开始用笔名乔治·艾略特发表中、长篇小说,并获得了巨大成功。在他们24年的共同生活中,刘易斯对她的文学创作给予了极大的鼓励和支持。1878年,刘易斯病逝。两年后,艾略特与一个比她年轻23岁的美国银行家结婚,终于遵循世俗理念进入了合法婚姻,却于当年年底便溘然病逝。艾略特的创作包括上百万字的译著、多卷本的诗歌评论和书信,而她的文学声誉主要来源于她的小说创作。在她传世的7部长篇小说中,《弗罗斯河上的磨坊》(*The Mill on the Floss*, 1860)和《米德尔马奇》(*Middlemarch*, 1872)被奉为经典。

《弗罗斯河上的磨坊》带有一点自传成份,描写的是19世纪初期"古代回音萦绕未散,而新时代的声音尚未侵袭的乡村"。女主人公麦琪的父亲塔利弗是弗洛斯河旁圣奥格镇上的磨坊主,为人正直善良,行事却过于粗豪鲁莽。他不顾家人劝阻,与购买了磨坊上游土地的富商皮瓦特打官司,结果失败破产,世代经营的磨坊也被皮瓦特的代理律师韦肯买去。受到致命打击的塔利弗家从

此与韦肯结下不共戴天之仇。而善良聪慧的麦琪与韦肯的驼背儿子菲利普之间却萌生了深厚的友谊。年少的麦琪因同情菲利普而接受了他的爱情,她倔强刚愎的哥哥汤姆为了捍卫家庭荣誉,强逼麦琪与菲利普绝交。麦琪深爱着父亲和哥哥,她屈从汤姆的安排,离家去做家庭教师。几年后,刻苦努力的汤姆用攒下的钱买回了父亲生前失去的产业,一家人的生活有了转机,麦琪也应表妹露西之邀去与她作伴散心,不料却与露西的未婚夫斯蒂芬一见钟情。麦琪为了不伤害露西而竭力克制自己的感情,然而一次阴差阳错,她与斯蒂芬单独驾小船出游,船被潮水带走而不得不在外漂流过夜。麦琪拒绝了斯蒂芬"将错就错"的私奔计划独自返回小镇,却已无法证明自己的清白,被全村人视为忘恩负义、伤风败俗的坏女人。汤姆也冷酷地将她拒之门外。不久,弗罗斯河涨水,汤姆被困在洪水中,麦琪独自驾小船去营救汤姆,兄妹二人终于在洪水中拥抱和解,却又在转瞬间一起被洪流吞没。在死前的一刹那,他们重温儿时纯真无间的亲情,仿佛"手拉手欢游于雏菊盛开的田野"。麦琪与汤姆间的矛盾在根本上是由于两个人性格与精神境界的巨大差异造成的:麦琪内心世界丰富敏感、善良多情,有时难免过于冲动和感性。汤姆率直果敢,但是非观念过于偏狭专断,对他人的软弱和痛苦缺乏宽容和同情心。小说最后戏剧性的悲剧结尾略显突兀,但对于麦琪来说这可能已是最好的结局:在那个狭隘保守的小镇上,一个内心如此丰富热情的女子注定永远是一个无法被接纳的异类。

艾略特创作后期小说题材范围明显扩大,由乡村生活扩展到整个社会,通过人物间纠葛复杂的多边矛盾反映重大的历史、社会和政治问题。《米德尔马奇》是这时期代表作。小说以米德尔马奇镇当地的年轻小姐多萝西娅和外来青年医生李吉特二人各自的遭遇为双主线,展现了这个微缩世界中的生活百态。多萝西娅出身于普通乡绅阶层,却具有崇高的人生理想和献身精神。她被老学究卡索朋渊博的学识所吸引,毅然嫁给了这位想象中的"精神导师"。婚后却发现卡索朋对现代哲学一无所知,为人狭隘自私、冥顽不化。没有感情交流和思想沟通的不幸婚姻让多萝西娅痛苦不堪。后来,她在丈夫的侄子,年轻潦倒的艺术家威尔身上发现了与她的精神追求深相契合的东西,于是热心劝说丈夫帮助威尔,却激起了丈夫强烈的嫉恨。卡索朋在死前立下遗嘱:多萝西娅只有在永远不嫁给威尔的前提下才能继承他的财产。这等于是公开向世人宣告他怀疑妻子不忠。小说中的另一条情节线索则围绕年青医生李吉特的爱情和事业悲剧展开。李吉特有志于在小镇建立一所服务普通大众的现代化医院，但却不慎选择了一个美貌的肤浅女子为妻。穷奢极欲的妻子罗丝芒德使李吉特债台高筑，被迫卷入肮脏的政治交易，并因此被牵扯到一桩医疗事故中，被错疑为谋杀犯。多萝西娅不畏人言挺身支持李吉特，把自己的财产捐出来支撑濒临倒闭的医院。她的正直善良深深打动了对她怀有成见的威尔。危机过后，多萝西娅不顾丈夫遗嘱中的恶毒限制，放弃财产继承权与威尔结合。而李吉特则离开小镇到大城市另谋高就，放弃了他振兴平民医疗事业的理想。小说把这两个有志青年在婚姻、事业方面受挫的故事巧妙地交织在一起，表现理想与现实的冲突。在利己主义泛滥的时代，天真善良的理想总会遭到污浊现实的残酷打击，但艾略特还是把社会改革的希望寄托在像多萝西娅这样执着的理想主义者身上：他们在痛苦幻灭后不停止追求，以更为成熟的方式追求个人幸福，谋求公众福祉。

作为一个情感丰富的学者型作家，艾略特在小说创作中以深刻多维的道德探究和细致入微的心理分析见长。人物形象比狄更斯和萨克雷笔下的角色更加立体饱满，讽刺手法也更加含蓄深沉。她的小说被称为"心理小说"，对后来的哈代、亨利·詹姆斯、康拉德和D. H. 劳伦斯等作家都产生了不小的影响。

二、主要诗人

维多利亚时代小说的辉煌成就是空前的，诗歌在经过浪漫主义时代的鼎盛后也没有沉寂，而是在持续繁荣的同时呈现出新的时代特点。维多利亚时代的诗人们深受浪漫派的影响，但他们并没有沉湎于对"奇异的，缈远的，美丽的"事物的纯艺术想象和求索中，而是始终将艺术创作和对现实社会问题的考量结合在一起，作品具有更厚重的道义责任感和时代感。与此同时，长篇叙事诗也开始逐渐取代抒情诗成为这一时期最受青睐的诗歌体裁。丁尼生和布朗宁是维多利亚时期最杰出的两位诗人。丁尼生擅长以诗歌表达伦理和哲学原则，布朗宁则喜欢用独特的"戏剧独白"手法披露诗中人物的内心体验和生活主张。阿诺德和罗塞蒂等较次要诗人的诗作也各有独到之处。

阿尔弗莱德·丁尼生（Alfred Tennyson，1809—1892） 出生于林肯郡索姆

丁尼生

《悼念集》配图

斯比的一个教区牧师家庭，家中有12个兄弟姐妹。受父亲影响，丁尼生8岁时就开始写诗。1827年丁尼生进入剑桥大学学习，不久就以诗名蜚声剑桥，他的诗歌曾赢得剑桥大学校长金牌。1830年和1832年，丁尼生先后出版了两部具有浓郁浪漫主义色彩的诗歌集：《抒情诗集》（Poems, Chiefly Lyrical）和《诗歌》（Poems），但反响平平。这期间丁尼生的父亲去世，丁尼生未取得学位就离开了剑桥。祸不单行，1833年，丁尼生最亲密的朋友——他姐姐的未婚夫，随笔作家阿瑟·贺莱姆（Arthur Hallam）——不幸英年早逝，使丁尼生遭受了极大的心灵创伤。在痛失密友及作品受到恶评的双重打击之下，丁尼生信心软弱，将近10年没有再出版任何作品。

1842年丁尼生再次以《诗歌》（Poems）为名出版了一部两卷本诗集，在思想深度和艺术技巧上明显成熟起来，题材也更为广泛：既有体现乡村日常生活和田园风光的抒情诗，也有让丁尼生一生着迷的亚瑟王传奇叙事诗，还有续写希腊神话的《尤利西斯》（"Ulysses"）。整本诗集弘扬积极进取的精神和对社会进步的信心，赢得了公众与评论界的一致好评。1850年丁尼生最杰出的诗作《悼念集》（In Memoriam）问世，这是自贺莱姆去世以来，丁尼生一直在创作的悼亡组诗。《悼念集》的巨大成功使丁尼生得以摆脱多年的经济困境，与一直等候他的未婚妻艾米莉终成眷属。同年11月，41岁的丁尼生继华兹华斯之后成为桂冠诗人。丁尼生以桂冠诗人身份所作的第一首诗是《悼念惠灵顿公爵》（"Ode on the Death of the Duke of Wellington"），1854年丁尼生又创作了《轻骑兵进击》（"The Charge of the Light Brigade"），歌颂维多利亚女王和那些在克里米亚战争中表现英勇的英国骑兵，体现出作者深挚的爱国情怀。1859年他推出了

第六章 维多利亚文学（1830—1880）

《国王叙事诗》（*Idylls of the King*）的第一部分，讲述亚瑟王和他的骑士传奇，深受读者欢迎。70年代丁尼生尝试写作诗剧但并不成功。他在晚年还是坚持诗歌创作并且硕果累累。1884年丁尼生被封为男爵，在他83岁去世时，丁尼生的诗名已经如日中天，成为维多利亚时代公认的"诗圣"。

《悼念集》是英国文学中最伟大的挽歌之一，也是丁尼生最能经受时间考验的作品。这部历时16年的著作包括131首短诗、一篇序言和一篇后记。丁尼生在其中深切悼念了他的密友贺莱姆，记述了这位知交病逝后自己艰难的心路历程。贺莱姆的死不仅使丁尼生陷入痛苦和孤寂的深渊，也使他对整个人生和信仰产生了怀疑。维多利亚时代科技的迅猛发展动摇了传统的思想体系和宗教信仰，也加深了丁尼生对人生和信仰的疑惑。但是随着时间的推移，诗人慢慢振作起来，开始重新肯定信仰、孕育希望。在这部诗集里，丁尼生将对挚友的悼念扩展为对人类命运的思索，把友情升华为对整个人类的爱，在怀疑和凄惶的阴霾中拨云见日，坚定了对国家和人类未来的希望。这种积极乐观的精神与维多利亚时代的价值观深相契合，无怪乎维多利亚女王会盛赞《悼念集》为除《圣经》之外最重要的诗篇。

丁尼生深受前辈浪漫主义诗人的影响，但同时也清醒地意识到个人意愿与社会需要之间的张力以及前者适度服从后者的必要性。他的诗在承担启蒙教化之责的同时也表现出丰富的想象力和真挚的个人情感，在形式上以格律工整、音韵和谐、词藻华美而见长，充分体现了英国诗歌的传统特色和维多利亚时代的主流艺术审美观。

《国王叙事诗》配图：亚瑟王最后的睡眠

罗伯特·布朗宁（Robert Browning, 1812—1889) 是维多利亚时代第二大诗人。他生于伦敦郊区的一个文化氛围浓郁的中产阶级家庭，父亲是英国国家银行职员，热爱艺术，拥有一个藏书丰厚的私人图书馆。布朗宁自幼浸润在文学宝库中，除了曾在几个私立学校以及伦敦大学短期就读之外，都是在家中接受私人教师的单独教导。他从少年时期就开始写诗，早期受

罗伯特·布朗宁

浪漫派诗人尤其是雪莱的影响很大。但后来布朗宁放弃了已不合时代气质的浪漫主义手法，尝试创作一系列以客观心理分析见长的诗剧和短诗，虽然在当时反响平平，但他后来独步诗坛的"戏剧独白诗体"正是在这时期的作品中开始初露风华。著名短诗《已故的公爵夫人》就是这一时期的代表作。

1845年，白朗宁邂逅他仰慕已久的女诗人伊丽莎白·贝瑞特（Elizabeth Barrett Browning, 1806—1861）。年长他6岁的伊丽莎白当时已年近四十，相貌平平，因下肢瘫痪长年缠绵病榻。但真挚的爱情使瘫痪24年的伊丽莎白神奇地站了起来，不顾父亲反对与布朗宁私奔到意大利的弗洛伦萨，在安享15年的幸福婚姻后于1861年因风寒去世。《葡萄牙人十四行诗集》（Sonnets from the Portuguese, 1850）收录了她生前写给丈夫的爱情诗，以深挚丰沛的情感表达爱情战胜死亡的主题，深受后世读者喜爱。伊丽莎白死后，布朗宁终生没有再娶，把后半生的全副精力都投入到诗歌创作中。发表于1855、1864年的两部诗集《男人和女人》和《戏剧人物》使布朗宁诗名鹊起。《男人和女人》（Men and Women）标志着布朗宁"戏剧独白诗体"的成熟。《戏剧人物》（Dramatic Personae）再接再厉，让众多人物以"第三人称独白"的方式披露自己的内心世界和生活主张。1868—1869年间，布朗宁分期发表了叙事长诗《指环与书》，轰动文坛，被奉为与丁尼生并驾齐驱的维多利亚诗坛泰斗。1889年布朗宁病逝于威尼斯他儿子的家中，后被安葬在西敏寺的诗人角，与丁尼生墓毗邻。

布朗宁以其别具一格的"戏剧独白诗"享誉世界诗坛。这种诗体的特别之处在于它表现的是"对话中的独白"。也就是说，独白者并不是在毫无顾忌

布朗宁夫人

第六章 维多利亚文学（1830—1880）

斐拉拉公爵

露克蕾吉亚

地自曝内心世界，而是有一个对话者。但是读者只能听到独白者一方的话，从独白者的话语转承中来感受对话者的存在并猜测他们的反应。剧中人物的隐蔽动机、内心活动和暗潮汹涌的戏剧冲突便通过这种特殊的情境设置一层层暗示出来。短诗《已故的公爵夫人》（"My Last Duchess"）是布朗宁成功运用"戏剧独白"手法的典范之作。该诗取材于一段真实的史料：文艺复兴时期，意大利的斐拉拉公爵曾娶14岁的露克蕾吉亚为妻。三年后，年仅17岁的露克蕾吉亚莫名其妙地死去，情况可疑。斐拉拉公爵随即又向某伯爵富有的侄女提亲。布朗宁根据这一点点模糊的史料，写成了一首耐人寻味的小诗。全诗短短56行，以斐拉拉公爵的口吻向议亲使者介绍自己的艺术收藏并评述自己已故的前妻。从他从容自得的断续独白中，读者可以看出这个趣味高雅的贵族骨子里是一个具有强烈等级意识的暴君，天性率真的年轻妻子却总是把她甜美的微笑不分贵贱地回馈给身边的每一个人。这让公爵怒不可遏，他不肯"屈尊"调教她，而是派人把这个"自轻自贱"的女人"处理掉了"。尖锐的矛盾冲突、残忍的谋杀事实，和比凶案本身更可怕的冷酷等级意识都隐藏在公爵轻描淡写的独白中，读来让人不寒而栗，又禁不住为作者独到的表现方式拍案叫绝。

《指环与书》（*The Ring and the Book*）则是根据17世纪末罗马一起谋杀案写成。年老的圭迪伯爵贪图平民少女蓬皮丽娅的家产，娶她为妻。不久，蓬皮丽娅的养父母发现伯爵早已家道衰落，便想通过法律途径追回他们陪嫁的财产。圭迪以虐待妻子做为报复，不堪忍受折磨的蓬皮丽娅在年轻牧师卡蓬

《指环与书》封面

《指环与书》手稿

萨基的帮助下出逃,被圭迪派手下抓住。卡蓬萨基被判流放,而蓬皮丽娅则被安置在修道院等候审判。后来蓬皮丽娅发现自己已有身孕,被允许在养父母的监护下回娘家休养。圭迪不承认孩子是自己的,在蓬皮丽娅生下女儿两周后率人假冒牧师信使进入其养父母家,将蓬皮丽娅和她的养父母残忍杀害。教皇明察秋毫,力排众议,将圭迪和他的帮凶判处死刑并公开行刑。布朗宁在旧书摊上偶然觅得这桩谋杀案的审判记录——"老黄书"。他把这本书当作"黄金",掺入自己想象的"合金",铸成艺术的"指环",这便是书名"指环与书"的由来。布朗宁在长诗中呈现了包括杀人犯、奄奄一息的蓬皮丽娅、审理者和罗马市民等多人的"独白",从不同的立场和角度展示案件审理过程和发言人的不同品性,每一种视角都是"环"的一部分。布朗宁借此诗充分表达了他的艺术理念:人可以掌握的有限真理永远是相对的,艺术和语言也不能突破这种有限性和相对性,只能通过多重视角尽可能忠实地呈现人情百态,以求接近真理。

布朗宁以精湛的戏剧独白手法在维多利亚诗坛独领风骚,诗中还常见幽微的哲思奇喻。这些艺术特质上承17世纪玄学派诗歌传统,下启T. S. 艾略特、庞德和弗罗斯特等当代诗人的作品。因此,布朗宁在世时诗名虽不如丁尼生,身后却声誉日隆,被当代评论界奉为现代诗歌的先驱者之一。

马修·阿诺德(Matthew Arnold, 1822—1888)

被称为"维多利亚孤寂诗人"。他的诗忧郁感怀,代表着维多利亚诗歌创作的另一种风格。阿诺德出生于高端知识分子家庭,父亲是当时著名的学者和教育家,曾任拉各比公学校长。1841年,阿诺德进入牛津大学学习,毕业后为枢密院议长兰斯丹侯爵做

阿诺德

第六章 维多利亚文学(1830—1880)

秘书。从1851年起,阿诺德做了35年督学工作,其间还有10年在牛津大学任客座诗歌教授。公务繁忙的阿诺德只能利用工作余暇进行文学创作,但即便如此他还是成为维多利亚时期最杰出的散文家,在诗坛也占有一席之地。阿诺德的诗歌创作主要集中在50年代,其中1853年推出的诗集中收录了他最优秀的诗作,比如《吉普赛学者》("The Scholar Gypsy")、《多佛海滩》("Dover Beach")和悼亡诗《迢尔西斯》("Thyrsis", 1866)等等。

阿诺德诗清澈明朗,但情感忧戚,充满悲天悯人的人文学者情怀。当国人多为维多利亚时代英国的繁荣昌盛而志得意满时,他却敏感地觉察到浮华背后的真相:一个传统断裂、价值失衡的精神荒原。在《吉普赛学者》中,诗人以史诗般的笔法咏叹17世纪一位选择与吉普赛人一起流浪的牛津学生,将他对生命真谛心无旁骛的寻求与现代人无意义的庸俗生活相对照,歌颂单纯、性灵、超脱物欲的生活方式。然而传奇毕竟无

多佛海滩风景画

法拯救现实,在《多佛海滩》中,诗人哀叹"信仰之海"的退潮和人类存在的无力与荒诞感,只有转向爱人的怀抱寻求一点浊世的温暖和慰藉:"哦,亲爱的,让我们彼此真诚!/因为这个世界,这个似乎/如梦境般展现在我们眼前的世界,/这个如此多彩、美丽而新鲜的世界/其实并没有欢乐、光明和爱,/也没有确信、安宁和对苦难的拯救。"但诗中真正的悲哀尚不在于世界的堕落,而在于连诗人自己也无力重建失落的信仰。

如何在喧嚣浮躁的工业化现代社会中保全身心的怡悦和完整——这是阿诺德作品中永恒不变的主题。如果说在诗歌里他不断地提问、质疑,那么在散文中他则尝试探索并解答这个问题。60年代后,阿诺德将创作重心转向社会评论和文艺评论。1869年推出的《文化与无政府主义》(*Culture and Anarchy*, 1869)是一本系统的政治与社会批评巨著。阿诺德在此书中集中鞭笞了维多利亚时代英国中产阶级的自满、庸俗和无知浅薄,提出应以充满"甜美和光明"的希腊知性精神来中和端肃僵硬的希伯来实践精神,以促进人性的完善和社会的和谐发展。

罗塞蒂自画像

先拉斐尔派画家的代表人物**但丁·加百利·罗塞蒂**（Dante Gabriel Rossetti，1828—1882）同时也是一位诗人。他受罗斯金艺术理论的影响很深，否定艺术的道德教化功能，强调对"美"本身的激情和专注，主张从拉斐尔（Raphael）以前的早期文艺复兴艺术和中世纪艺术中吸取灵感。罗塞蒂的诗歌或画作都不以现实生活为题材，而是大多取材于但丁的作品，充满了中世纪的梦幻色彩。他的诗意念具体，想象精微，有意大利诗歌的音乐节奏感和画面感，因侧重表现肉体美和男女情爱关系而在当时被评论界斥责为"肉欲派"。代表作有《天女》（"The Blessed Damozel"，1846）、《我妹妹的安眠》（"My Sister's Sleep"，1847）和诗集《生命之屋》（*The House of Life*, 1870）等。罗塞蒂继承了济慈对美的敏感和激情，他的唯美艺术理念与维多利亚价值观背道而驰，深深影响了后来掀起"唯美主义运动"的沃尔特·佩特和奥斯卡·王尔德。

第七章

世纪末至一战文学*
(1880—1914)

* 本书第七、八、九三章参阅了刘意青、刘炅编著《简明英国文学史》(外研社,2008)中刘炅编写的相应篇章。

维多利亚女王的钻石婚庆典

一战士兵画像

1887年英国庆祝了维多利亚女王统治50周年，1897年又纪念了她在位60周年。此时的大英帝国达到了鼎盛，全国上下表现出那种盛气凌人的傲慢和自信。具体来说，英国以经济实力雄霸全球，并以体制和道德都堪称典范的的姿态横行世界。然而，也就是在这世纪末的二三十年里，英国国内因矛盾逐渐激化而涌动着各种思想和力量，比如宪章运动之后社会主义思潮的崛起，连萧伯纳都加入了社会主义组织费边社（Fabian Society）。妇女也频频为争取选举权举行静坐和游行，甚至采取在邮箱里放置炸弹的极端做法。随着美国的飞速发展和德国的强大，英国也面临着越来越严峻的海外竞争形势，加之非洲殖民地不断有动乱和战事，如1899—1902年与布尔人的战争、印度和爱尔兰争取独立的运动等等，真是应接不暇。1901年维多利亚女王去世，其子爱德华七世即位，大英帝国也就明显地逐渐由盛变衰。这期间的数任首相，不论是属于哪个政党，都出台了各种政策，采取了不同措施来缓解矛盾并力挽衰败局势，比如为了应对民主和社会主义呼声，许愿给殖民地百姓与英国人同等的权利，还采取了一系列住房、教育、保健和工厂管理方面的改革措施，缓和国内的贫富矛盾。与此同时政府不忘实行强硬的外交政策，为英国争得了苏伊士运河的主要控制权。然而，不论是英国还是欧洲都没能阻挡德国日益强大的军事力量，1914年终于爆发了第一次世界大战，以德国为首的奥地利、保加利亚和土耳其为一方，英、法、俄等国为另一方。这是一次资本主义国家争权夺利的残酷战争，虽然1918年以德方投降结束，但双方损失都很惨重。欧洲人民经受的创伤在这期间的战争诗歌里得到了强烈反映。

"世纪末"（*fin de siècle*）文学一般指19世纪末到第一次世界大战的文学，但是也有人把它又进一步分成世纪末和爱德华时期文学。事实上，1855年至1894年的世纪末并没有统一的标志或时代精神可言，只能从它偏离开维多利亚时期的变化来查看。1870年狄更斯去世时维多利亚文学达到了鼎盛，十年之后

第七章　世纪末至一战文学(1880—1914)

随着乔治·艾略特辞世,一个新的文学时代已经明显见端倪。取代维多利亚文学的道德精神和人道主义宣传和说教的是对未来的不安和怀疑,文学上出现了渗透着宿命论的现实主义和逃避现实的怀旧或异乡情调作品。唯美主义的追求,弗洛伊德的精神和心理分析理论,还有有声电影和通俗文学的产业化发展都造成世纪末文学的巨大变化。不少世纪末的诗人和作家一直创作到20世纪初爱德华时期,比如诗人叶芝,作家哈代、詹姆斯和康拉德等,还有被归为爱德华作家的福斯特和高尔斯华绥。

一、唯美主义文学

1873年**沃尔特·佩特**(**Walter Pater,1839—1894**)发表了对世纪末文学和艺术影响深远的《文艺复兴历史研究》(*Studies in the History of the Renaissance*),颠覆了维多利亚时代的僵化理念,提出了给文学和艺术以自由精神,为唯美主义开拓了道路。佩特相信艺术不应该被道德原则捆绑,而应去把握生活中许多短暂却强烈的情感和经历,因为这些情感和经历才是文学和艺术应该表现的内容。在书中他把文艺复兴的伟大归结为对美的追求,盛赞当时的艺术家能够欣赏躯体美,并以蒙娜·丽莎为例说明她的美来自艺术家抓住了她的内在情感在颜面上瞬间的表现。他的理念影响了世纪末许多作家,包括张扬唯美主义的王尔德和一批热衷描写短暂逝去经历的年轻抒情诗人,甚至一直影响到20世纪上半叶的现代主义作家乔伊斯、诗人庞德和意象主义诗歌。

世纪末唯美主义的主要代表是**奥斯卡·王尔德**(**Oscar Wilde,1854—1900**)。王尔德出生在都柏林,是佩特的追随者。他不但在文学创作上主张"为艺术而艺术",而且在生活上也标新立异地塑造了一个反传统、铺张、潇洒又放荡不羁的形象,最后因同性恋丑闻而被判两年监禁。王尔德作品不多,但他涉足了几乎所有的主要文类,小说、诗歌、戏剧和散文,但以小说《道林·格雷的画像》(*The Picture of Dorian Gray*,1891)和戏剧《认真的重要》(*The Importance of Being Earnest*,1895上演)最为著称。

奥斯卡·王尔德

王尔德漫画像

《道林·格雷的画像》是一部唯美主义的代表作。它描写了一个十分俊美的男子道林·格雷不顾灵魂堕落地奉行享乐主义。画师为他画了一幅逼真的肖像，并警告他行为要检点。但他不听，走上了不归之路。然而，每当他做了邪恶之事后，他的画像就会发生一些变化。虽然他始终容貌年轻、俊美，但他所有的罪恶和光阴留下的痕迹都体现在画像上。同时，他的良心重负也让他近于疯狂。最后，他杀死画师，再用同一把刀刺向显示自己真实面貌的画像，自己就当场倒地死亡，而且变得和画像一样干枯、丑陋。

王尔德的英文优美，以机敏、俏皮著称。在他的社会习俗喜剧《认真的重要》里他充分展示了编写机敏对话的天才。这个戏剧继承和发扬了英国的喜剧传统，并给之后萧伯纳的戏剧提供了借鉴。

二、 世纪末诗歌

在佩特的影响下，世纪末诗歌出现了一批热衷描写短暂即逝情感和经历的年轻诗人，他们同一些先拉斐尔诗人组成了"诗人俱乐部"（Rhymers' Club）。在议题和艺术方面精心雕琢，得到了法国当代诗人的启发，主张诗歌有梦境的朦胧，反映虚无心态。然而，这个时期的主要诗人不是他们，而是霍普金斯、叶芝和哈代。

霍普金斯

杰拉德·曼利·霍普金斯（Gerard Manley Hopkins, 1844—1889）是个严肃的诗人，在创作议题和人生态度上都完全不同于"诗人俱乐部"的成员，是维多利亚宗教诗歌最出色也相当激进的代表。他毕业于牛津大学，深受维多利亚教会思想家纽曼（J. H. Newman, 1801—1890）和美学家罗斯金（John Ruskin, 1819—1900）的影响：前者介绍他加入了天主教会，后者引导他关注大自然和个体人或物的独

第七章　世纪末至一战文学（1880—1914）

特美。霍普金斯也曾直接受教于佩特，他诗歌里表现的那种强烈抒情感和对上帝和自然的认同感都显露出佩特的美学主张痕迹。大学毕业后霍普金斯接受了十年耶稣会训练，然后成为一个神职人员。他在世时诗作没有正式发表，都是以手抄本形式在少数友人间传阅。他去世之后，好友于1918年出版了霍普金斯诗集。但是，直到20世纪30年代，霍普金斯的诗歌才被重新发现，以他诗歌的独创特点得到现代诗坛的赏识，他也一跃而成为英国的重要诗人。他的主要诗作有感发轮船沉没的《德意志号的沉没》（"The Wreck of Deutschland"）和一些歌颂自然并抒发宗教情感的诗歌，如《春》（"Spring"）、《上帝的荣耀》（"God's Grandeur"）等。后期他创作的一组"黑色十四行诗"（"Dark Sonnets"）反映出诗人作为神职人员的失败感和焦虑。霍普金斯是一位超前的诗人。在内容方面他类似浪漫主义诗人经常颂唱自然，为自然的恢弘和美丽而激动，但是他绝无自然神论的思想，不把自然当作上帝的替身来歌颂，而是通过赞美自然万物来盛赞造物主上帝的光荣。在艺术方面，他的诗歌以格律创新和不规则著称，强调诗歌的内部格局（inscape），大量使用跳跃韵（sprung rhythm），其强烈抒情和深邃寓意可与17世纪玄学诗人比美。霍普金斯还善用类似说话者的声音，故意篡改英诗习惯句法和音律，语句里充满悖论，许多诗歌对读者的理解形成挑战。因此，他的诗歌充分反映出他的思辨性批评思维，与法国象征主义也有相似之处，并且成为庞德和艾略特等现代诗人的先声。

霍普金斯诗《春》插图

霍普金斯诗歌中描述的威尔士山区风貌

叶芝（William Butler Yeats，1865—1939）是这个阶段的另一位重要诗人，但他也可以归入20世纪初期，虽不是严格意义上的现代主义。他出生于爱尔兰少数信仰新教的家庭。在新教爱尔兰人中间出现了许多大作家，比如王尔德和萧伯纳。叶芝的时代是基督教信仰进一步遭到科学技术挑战的时代。作为

叶芝

对信仰的某种替代,早期的叶芝参加了"诗人俱乐部",表现出脱离现实的唯美倾向。他喜欢从爱尔兰传奇和民间文学中取材,用诗歌编织自己的神话,退回到神秘和想象的世界里。他还在爱尔兰神话和传说中添加了印度传奇、魔幻和神知学的内容。而在美学观念上,此时他完全跟随佩特,比如他1888年发表的诗集《爱尔兰农民的神话和民间故事》(Fairy and Folk Tales of the Irish Peasantry)、1893年发表的诗集《凯尔特的黎明》(The Celtic Twilight)和1897年发表的《秘密的玫瑰》(The Secret Rose)就是最好的早期诗作例子。当时写爱尔兰内容变得很时髦,叶芝的爱尔兰神话诗歌里透露了后来成为大诗人的才华。

进入20世纪,叶芝摆脱了世纪末的套数和影响,献身爱尔兰民族运动,并致力于振兴爱尔兰文化。此时他爱恋一位美丽的女革命者,把炽烈的爱情和革命激情融合到他的创作当中。他在伦敦建立了爱尔兰文学社,在都柏林建立了爱尔兰国家剧团,创办了阿贝剧院,写了一些爱情和政治纠结的诗剧和悲剧诗歌。虽然他在诗中仍旧神话化他的朋友、敌人和国家,但他的风格却不再浪漫,变得朴实和坦白。叶芝瞧不起中产阶级,他理想的爱尔兰是由有艺术品味的严格的新教上层和虔诚的、具备智慧和民间文化积淀的天主教农民来构成的。1917年叶芝同一位尝试自动写作(automatic writing)的女诗人结婚,妻子把叶芝引向了象征主义。在婚后的诗歌中,叶芝达到了一种口语话的抒情,诗句简练、流畅。他很多产,诗集有《七首诗及一个片断》(Seven Poems and a Fragment,

王尔德、叶芝和莫尔漫画像

1922)、《或许是音乐之语和其他诗歌》(Words for Music Perhaps and Other Poems, 1932)、《新诗歌》(New Poems, 1938) 等。1923年叶芝获得诺贝尔文学奖。在晚年叶芝失望地意识到现实中由资产阶级和政府官员结合的爱尔兰自由政体离他的理想越来越遥远。他死于法国南部，尸体运回爱尔兰，安葬在他度过幼年时期的地方。

世纪末要提及的另一位诗人是**托马斯·哈代**，虽然他的主要成果是小说，但是在他弃小说而改写诗歌后他的诗作得到了文学界的普遍关注和好评。哈代的诗歌涉猎了史诗性诗剧、抒情诗歌和戏剧性独白，而且在这几方面都有佳作。诗剧名叫《列王》(The Dynasts, 1904—1908)，分成三个部分描写了拿破仑战争，并阐述他的宿命和悲观哲学。哈代一共发表了八部诗歌，《威塞克斯诗集》(Wessex Poems, 1898)、《过去和现在诗歌集》(Poems of the Past and Present, 1902) 等，包容了诗人60多年的生活和人生态度，其中最被人称道的是那些追忆他死去妻子的诗。哈代和妻子一直关系紧张，但妻子之死勾起他的愧疚和怀念，可以说他重新爱上了那很久之前爱上的年轻姑娘，在诗歌里充满激情地追念故去的爱人。

叶芝所爱慕的女革命者茉德是其著名爱情诗《当你老了》的主人公

三、世纪末小说

世纪末出现了任凭想象驰骋的浪漫主义倾向，比如王尔德的《道林·格雷的画像》、叶芝的爱尔兰神话传奇。在小说中史蒂文生是这一潮流的出色代表之一。**罗伯特·路易斯·史蒂文生 (Robert Louis Stevenson, 1850—1894)** 曾经批评现实主义小说可怕、无止境和无逻辑。他认为不直接反映现实的浪漫小说是理性的、结构清晰的艺术品，而且艺术可以帮助人们改进生活现实。他创作的冒险小说，如《宝岛》，又译《金银岛》

史蒂文生

《金银岛》

（Treasure Island, 1883）和《绑架》（Kidnapped, 1886）都是这类文学经久不衰的经典，特别受儿童和年轻读者喜爱。史蒂文生还发表了一部类似《道林·格雷的画像》的小说，叫做《杰克尔医生和海德先生的离奇案件》（The Strange Case of Dr. Jekyll and Mr. Hyde, 1886），融传统魔鬼传说和科幻于一炉，描写一个人格分裂的医生如何通过药物而过着白天和黑夜的双重生活。

然而，从维多利亚时期起一直强势的现实主义小说并没有消亡，只不过在主导思想、内容和创作手法上都发生了不少变异。世纪末的重要现实主义小说家有三位，他们是哈代、詹姆斯和康拉德，每个人都有自己独特的创作主题和风格。

托马斯·哈代（Thomas Hardy，1840—1928）是中国读者最熟悉的世纪末小说家，他那震撼人心的悲剧小说和改编的影视作品为广大中国群众喜爱。哈代出生在多塞特郡的一个有文化背景的石匠人家，从小父亲就教他提琴，母亲则鼓励他读书。他16岁时师从当地的一位建筑师，22岁到伦敦的建筑行业去谋生，同时大量阅读经典作品。伦敦的经历让他抛弃了基督教信仰，并更加热爱文学。回到家乡后他开始发表小说，从情节曲折、好看的谋杀和侦破小说《孤注一掷》

哈代

（Desperate Remedies, 1871）逐渐定位于描写当地乡间百姓的婚恋和悲欢离合故事，如《绿荫下》（Under the Greenwood Tree, 1872）、《一双蓝眼睛》（A Pair of Blue Eyes, 1873）、《远离尘嚣》（Far from the Madding Crowd, 1874）。小说的成功使哈代成为专职作家并成婚。哈代和妻子的关系十分不协调，给双方造成了痛苦。他对妻子的复杂感情和内疚心理使他在妻子去世后创作出一些非常感人的诗歌。

哈代被公认为悲剧小说大师，并且在他家乡的原型上创造了小说中一个包括了英格兰南部和西部的威塞克斯地区，成功地描写了那个地区朴实的风土人情、百姓的悲欢离合和错综复杂的命运。头一部重要的威塞克斯小说是《还

第七章 世纪末至一战文学（1880—1914）

乡》（*The Return of the Native*, 1878），它描述了一个从巴黎还乡，想做乡村教师的青年人如何陷入复杂的人际关系，特别是错综复杂的婚恋网。在失去母亲和妻子后，视力又衰退，他最终形单影只地在乡间割荆为生。小说中长满石楠目草的埃格登荒原成为虚拟的威塞克斯之魂灵，给故事添加了蛮荒和非理性的背景，也衬托出自然环境的博大，人物的渺小，以及他们听由不可知因素掌控命运的悲剧性。《还乡》之后，哈代的三部主要小说《卡斯特桥市长》（*The Mayor of Casterbridge*, 1886），《德伯家的苔丝》（*Tess of the D'urbervilles*, 1891）和《无名的裘德》（*Jude the Obscure*, 1895），一部比一部更加深刻地反映了作者的悲观和宿命论思想，并且抨击了19世纪工业化之后农村逐步萧索，资本主义对农村和乡间百姓的致命打击，以及虚伪的社会机制和舆论对纯朴的，有理想追求的年轻人的摧残和扼杀。

哈代小说中的农村

哈代小说中的农村

《卡斯特桥市长》带有较明显的希腊悲剧色彩，主人公亨查德原是一个性格冲动的农人。由于在一次乡间集市上醉酒，把妻子和女儿卖给了一名水手，这样一个错误就引发了后来他一生不可逆转的悲剧。类似俄狄浦斯，亨查德要以巨大的代价为自身的错误负责。但是他并非坏人，而是一个有魄力，有良心的正直男人。他的悲剧下场让读者对命运捉弄普通有缺点之人的残酷产生莫名的敬畏，并对亨查德心怀同情。《德伯家的苔丝》是中国读者最熟悉的哈代小说，女主人公纯洁、美丽，却命运多舛，最终成为杀人犯而被判死刑。通过苔丝的悲惨遭遇，哈代控诉了英国资本主义对乡村农耕生活的破坏，在资本主义前进的隆隆车轮下无数苔丝的兄弟姐妹被碾碎。哈代的《卡斯特桥市长》和《德伯家的苔丝》为逝去的农村经济和生活唱挽歌，代表了19世纪末的一种忧思和焦虑。《无名的裘德》是哈代小说的收笔之作，也是他对窒息和虚伪的维多利亚社会的最强烈控诉。主人公裘德是个追求知识和精神进步的石匠，梦想能登入大学殿堂。但是裘德无法实现他的理想，他被酒吧女看中，设下灌酒的圈套与之发生关系，但不久又弃他而去。裘德迁到梦想的大学附近，一边做石匠活，一边念书，准备入大学。此时他遇到表妹苏，她是个思想开放的新女性，因憎恶年龄悬殊的丈夫而只身出走，在一家店铺工作。两人堕入爱河，双方都与配偶离婚。但因苏很激进，把婚姻看做桎梏，不愿结婚，他们就一直同居。虚伪的维多利亚社会不能容许这样的行为，对他们竭尽歧视和打压之能事，以至他们长期找不到工作，到处搬家，无法维持生活。最后酒吧女所生的早熟又忧郁的儿子吊死了苏生育的两个幼儿，然后自己上吊。这个恐怖的事件把一向我行我素的苏彻底击垮，她忽然谴责自己有罪，抛弃了裘德回到丈夫那里。裘德一直在支持苏的自由思想，她的突变把他置于绝望之中。他开始酗酒，不到30岁悲惨地死去，临终诅咒诞生他的那一天。《无名的裘德》发表后引起了强烈的社会批评，被指责为肮脏、不雅、阴暗，传闻一个主教还把这部小说烧掉了。为此，哈代停写小说，从此转为创作诗歌。

亨利·詹姆斯 （Henry James, 1843—1916） 出生美国却移居英国，在第一次世界大战期间成为英国公民。尽管英美两国都把他算作自己的作家，詹姆斯实际上从未完全属于任何国家，他是一个漂泊在异乡，永远在表述个人孤独的作家。当时美国文坛的 W·D·豪威尔斯曾把他和马克·吐温称为20世纪初美国现实主义的两大代表，吐温是地道的美国地域文学，而詹姆斯则不断描写美国和欧洲的文化冲突。他这方面的佳作有中篇《黛西·密勒》（*Daisy Miller,* 1879），《贵夫人的画像》（*The Portrait of a Lady,* 1881）等，都是讲述年轻的美国姑娘在欧洲被精明、世故的欧洲人欺骗的故事。詹姆斯也写了一些专门反映英国现实的小说。后期他又回到国际主题，发表了三部很有分量的小说：《鸽翼》（*The Wings of the Dove,* 1902），《专

詹姆斯和康德拉漫画像

第七章 世纪末至一战文学(1880—1914)

使》(The Ambassadors, 1903) 和《金碗》(The Golden Bowl, 1904)。

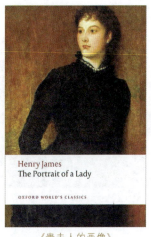

《贵夫人的画像》

《贵夫人的画像》是詹姆斯最为世间称道的小说之一,它围绕一位单纯、聪明、美丽的美国姑娘伊莎贝尔在英国和欧洲的遭遇揭示了新大陆和旧世界的文化、意识形态和价值观的冲突。伊莎贝尔·阿切尔在英国的银行家亲戚赠给她一大笔财产后就成为欧洲和英国那些追逐有产富家女的男人的猎物。清纯的伊莎贝尔完全不意识自己的处境,很自信地相信自己可以用这笔财产完成一些高尚的事业,比如接济贫困文人和艺术家,让他们能够施展才华。没想到这使她步入了纨绔画家奥斯蒙德和他的情妇莫尔夫人设下的圈套,嫁给了无才无德的奥斯蒙德后才发现丈夫和莫尔有个十多岁的女儿,而且他们贫困如洗,套住她就是把她当作钱箱。伊莎贝尔虽然缺少经验和世故,却有坚韧的品格和道德标准。她决定勇敢地面对生活,通过承担抚养奥斯蒙德的女儿从自己失败的婚姻里找到了积极的意义。詹姆斯早期很崇拜乔治·艾略特,并接受了她的现实主义影响。但是对艾略特的杰作《米德尔马奇》詹姆斯却发表过批评意见,特别遗憾该小说的女主人公多萝西娅没有得到充分的刻画。为此,詹姆斯说他要写一个经历了错误婚姻却能够胜出的女主人公。因此,一般评论都认为伊莎贝尔的塑造有多萝西娅的影子。

詹姆斯以笔墨细腻著称,并且擅长心理活动描写,他还是个多产的作家。除了长篇小说,他一生发表了近100篇短篇小说,写过戏剧,还有文学评论,在这些领域里也很出色。他的知名鬼故事《螺丝在拧紧》(The Turn of the Screw, 1898)就为普通读者和文学研究提供了不同层次上经久不衰的话题。

世纪末很有个性的另一位重要作家是**约瑟夫·康拉德(Joseph Conrad, 1857—1924)**。他是出生在乌克兰的波兰人,当过水手,最后定居英国,带有浓厚"海外"色彩。起初他的小说没有引起很大的社会关注,但到20世纪初他已经毫无争议地位列英国作家前茅。康拉德的小说大多围绕航海经历和异乡生活,最著名的是《吉姆老爷》(Lord Jim, 1900)和与之相连的短篇《黑暗的中心》("Heart of Darkness", 1902)。吉姆是一个水手,十分理想主义。在一

康拉德小说中表现的海上生活

次海难中,他胆小地弃船逃生,并为此背负恶名和自己的良心谴责。通过朋友马洛的帮助,吉姆来到土著居民的一个贸易站,努力协调秩序,逐渐赢得了当地百姓的拥戴,被称为吉姆老爷。当白人殖民者到村里进行掠夺时,天真的吉姆请求部族头领饶恕他们,并用自己性命为他们担保。但很快他就遭到这批流氓的背叛,他们卷土重来,屠杀了土著居民。吉姆把自己交给了儿子被屠杀的土著首领,诚实地领受了枪杀的惩罚。《黑暗的中心》讲述了马洛在非洲的另一次经历,通过他的叙述我们看到了以库尔兹为代表的殖民者如何用残忍的手段统治和剥削非洲腹地的土著居民。他的罪恶令人发指。这两个作品都有一个第三人称叙述者马洛,他不但讲述故事而且顺带评论,所起的作用就如同希腊悲剧中的合唱。康拉德也试验了打破时间顺序,故事中套故事等叙事技巧。有人称康拉德为印象主义,也有人强调他的浪漫色彩。但是,即便他讲述的海外经历离奇,甚至神秘,它们也不同于史蒂文生的寻宝故事或科幻小说,康拉德的浪漫色彩没有掩盖帝国主义海外殖民的残酷现实,他的这类小说应该说植根于现实主义。

这个阶段的次重量级小说家还有许多,在这里我们只能有选择地提一下巴特勒、吉辛、莫尔、班奈特、吉普林、威尔斯和毛姆。巴特勒出身宗教世家,在牛津大学受教育,却变成一个怀疑论者。他到新西兰去养羊五年,之后开始发表小说,最有名的作品是《众生之道》(The Way of All Flesh, 1903),还有一部乌托邦小说《艾瑞翁》(Erewhon, 即nowhere这个字的字母颠倒组合,1872)。《艾瑞翁》是一个美丽、健康的国度,在那里生病是罪行,人们疯狂地崇拜机器,体现了进化论和物种自然选择的思想影响。《众生之道》描写了乡村木匠一家四代人的演变,逐渐摆脱了宗教桎梏,开始更自然和随意地生活。吉辛曾有望做律师,却选择了写小说。两次不成功的婚姻导致他曾经十分寒酸、贫困,这样的生活经历都成为他小说的素材。吉辛于1880年发表了第一部小说,主要作品有《阴间》(The Nether World, 1889),《新格拉布街》

第七章 世纪末至一战文学(1880—1914)

(*The New Grub Street*, 1891),以他对贫民窟生活和落魄文人的描写著称。吉辛仰慕左拉,常被当作英国的自然主义作家先驱。莫尔以其如摄影一样真实的下层生活描绘著称,小说中表现了他对穷人苦难的同情,他也受到法国自然主义小说家的影响。莫尔有名的小说是《艾丝特·沃特斯》(*Esther Waters*, 1894),以精确细致的笔触讲述一个可怜仆女的经历。班奈特是受到自然主义影响的另一位作家,他描写的主要是自己家乡,工业区斯塔福郡的现实,早期代表作有《五城的安娜》(*Anna of the Five Towns*, 1902)。虽然满怀同情地描述下层百姓的遭遇,班奈特显得对生活过于乐观,直到爱德华时期他才发表了自己最有分量的小说,详尽地展现了外省市的小人物生活,比如《希尔达·莱斯维斯》(*Hilda Lessways*, 1911)。吉普林出生在印度,父亲在那里工作。1871年吉普林被送回英国接受教育,他很早就开始写长篇和短篇小说,后来又返回印度,当记者。吉普林是个多产的作家,他的许多作品深受广大读者喜爱,比如描写印度丛林的《丛林的故事》(*The Jungle Book*, 1894)、《吉姆》(*Kim*, 1901),他的诗歌也很出色。但是由于他为英国在印度的帝国主义行为辩护,曾遭到批评和抵制。威尔斯出身低下,克服了许多困难才成为一名作家。不同于其他的同时代作家,威尔斯曾在皇家科学院校接受过教育,聆听过托马斯·赫胥黎的讲座。威尔斯的主要代表作有《时间机器》(*The Time Machine*, 1895)和《星际战争》(*The War of the Worlds*, 1898)。前者想象了人类在遥远未来的状况,后者讲述英国被火星来人占领和征服的故事。他最为人知的小说是《隐身人》(*The Invisible Man*, 1897),写科学家发明了能使自己隐身的药,引起公众的恐慌。威尔斯可以说是现代科幻小说和影视的重要奠基人。毛姆算作爱德华时期作家,他与威尔斯完全不同,发表了不少出色的、畅销的现实主义小说,英文优雅,但色调比较灰暗。他出生在巴黎,回到英国接受教育,大学毕业后做医生,后转向文

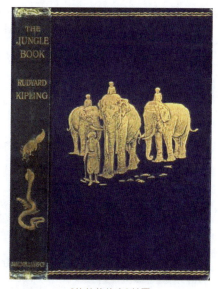

《丛林的故事》封面

学。最有名的小说是《人生的桎梏》（*Of Human Bondage,* 1915），有自传成分，写一个腿部残疾的青年成长的辛酸经历。毛姆也写过戏剧，发表的短篇小说更是脍炙人口。

爱德华作家中高尔斯华绥和福斯特值得稍稍重笔评介。**约翰·高尔斯华绥 (John Galsworthy, 1867—1933)** 是最贴近维多利亚小说现实主义传统的作家，也许正因为他没有迎合实验派的新潮流，搞时空颠倒和意识流之类的把戏，而是本本真真地描写维多利亚和爱德华时期物欲横流的资产阶级社会问题，所以在后现代的今天似乎已经被遗忘。高尔斯华绥毕业于牛津大学，专业是法律。一次与康拉德的会面，加上妻子的影响，高尔斯华绥弃法律而开始写小说。1904年发表的小说《岛国的法利赛人》（*The Island Pharisee*）已经显露出他关心的社会贫困和传统制约等问题。高尔斯华绥最重磅的作品是关于福赛特世家的系列小说，包括两个三部曲，即（1）《有产者》（*A Man of Property,* 1906）、《大法院》（*In Chancery,* 1920）和《出租》（*To Let,* 1921）；（2）《白猿》（*The White Monkey,* 1924）、《银匙》（*The Silver Spoon,* 1926）和《天鹅之歌》（*The Swan Song,* 1928），并于1932年获诺贝尔文学奖。《有产者》是最具代表性的一部，讲述十分富有的索姆斯·福赛特把自己的一切，包括妻子和家庭，都当作私有财产对待。为了让妻子艾琳高兴，他雇用了一名年轻的建筑家为她专门在乡间建造一所庄园，艾琳和建筑师产生了感情。为了报复，索姆斯状告建筑师多花了钱。在他赢得官司那天，建筑师出事故死去，艾琳也最终与索姆斯离婚。《大法院》讲述在摆脱索姆斯的艰难法律进程中，艾琳得到福赛特家的乔里恩的许多帮助和关爱，最终两人走到一起。索姆斯也重新结婚。《出租》写许多年后两家的儿女相识并相爱，但由于父辈的矛盾他们只能分手，一个去了美国，另一个失望地嫁人。留给索姆斯的只有巨大的产业和无尽的悲凉。高尔斯华绥还留下不少短篇小说精品，但他的批判现实主义大多是悲剧性的，透着伤感和哀痛。

E. M. 福斯特（E. M. Forster, 1879—1970）是一个跨越到二战后的作家。福斯特父亲早亡，他和

约翰·高尔斯华绥

母亲靠亲戚的一小笔遗产过活。福斯特不喜欢学校,他最幸福的日子是在乡间庄园度过的童年,这一段生活进入了他日后的小说《霍华德庄园》。在牛津念书时他认识了一帮文人朋友,包括莫尔,后来又曾经同布卢姆斯伯里成员过从密切。与母亲去欧洲,特别是意大利旅行回来后,福斯特开始不断发表小说,他最有影响的作品是《印度之行》(*A Passage to India*, 1922—1924),曾被好莱坞成功地拍成电影。其他被影视改编过的小说还有《一间看到风景的房间》(*A Room with a View*, 1908)和《霍华德庄园》(*Howards End*, 1910)。《印度之行》因为涉及了英国人在印度的复杂遭遇和心理状态,以及种族、阶级和政治等尖锐的问题,而获得了最多的学界关注。它讲述了一群在印度的英国人在印度朋友阿兹斯的陪同下去参观当地名胜洞穴景观时,与大家走散了的阿黛拉小姐和阿兹斯在洞穴里一时迷路,洞里的奇怪声音和小姐内心的恐惧造成她被阿兹斯侵犯的幻觉。这件事被传上法庭,虽然最后阿兹斯被判无罪,但印度百姓和在印度的英国人之间本来就十分脆弱的友谊从此断裂。同狄更斯相像,福斯特善于描绘社会大图景。他也发表了一些文学理论,如《小说的几个方面》(*Aspects of the Novel*, 1927),收集了他在牛津大学的讲演和报告,其中不乏真知灼见,比如把小说的人物区分为浑圆的和扁平的两类。他这种文学见解虽然不够系统深刻,但却来自他亲身的实践和体会,对我们阅读和赏析文学作品很有帮助。

四、萧伯纳和世纪末戏剧

世纪末的英国戏剧有两个中心,一个是伦敦,另一个是都柏林,最出色的两位戏剧家就是王尔德和萧伯纳,两人都是都柏林人。王尔德剧作并不多,主要是前面提到过的社会习俗喜剧《认真的重要》,而萧伯纳却是个多产的剧作家。**萧伯纳(Bernard Shaw, 1856—1950)** 20岁从爱尔兰移居伦敦,开始时他写小说和音乐评论,对莫扎特和瓦格纳情有独钟。在意识形态上,他是个社会主义者,加入了费边社,并负责编辑该组织的刊物《费边社会主义文集》(*Fabian Essays in Socialism*, 1889)。萧伯纳十分推崇易卜生,发表过专著介绍这位剧作家,并在自己的剧作中像易卜生一样探讨社会问题和个人对这些社会现象的焦虑,提倡和呼吁社会改革。1925年,在他从事戏剧创作50年后,萧伯

萧伯纳和威尔斯

纳荣获了诺贝尔文学奖。从文学断代上说，他实际上从世纪末一直跨到第二次世界大战之后。

萧伯纳共创作了50多部戏剧，主要有：《华伦夫人的职业》（Mrs. Warren's Profession, 1898发表）、《人和超人》（Man and Superman, 1903发表）、《巴巴拉少校》（Major Barbara, 1907发表）、《卖花女》（Pygmalion, 1913发表）等。《华伦夫人的职业》是萧伯纳最有代表性的戏剧，剧中的华伦夫人是个妓院的老鸨，她用挣来的钱供养女儿成为受过良好教育的职业妇女。当女儿指责并唾弃她的肮脏行业并强调每个人都应该选择正当工作时，她尖锐地反驳了女儿不知世事，不了解女人的艰辛。这个剧抨击了造成妇女经济不能独立的社会机制，揭露了占统治地位的意识形态的虚伪，因此曾被当局禁演。萧伯纳的戏剧有些比较轻松，继承了英国的喜剧传统，用巧合和机敏、幽默的对话来获取喜剧效果，被称作愉快的剧。但是，更大量的是被称作不愉快的剧，即揭示社会问题的戏剧。这类剧不以动作和情节取胜，主要靠的是人物之间的唇枪舌剑，以至于有的评论指出萧伯纳的戏剧只是他表述主张的载体。虽然这种说法有它的一面之理，但以点代面却有失公允，因为不论在台词的绝妙还是人物的塑造方面，萧伯纳都是一流的，他是从莎士比亚过来，经历了本·琼生、复辟戏剧之后的英国戏剧又一制高点。他的轻喜剧《卖花女》绝无任何思想说教之目的，描写了一位语言教授异想天开，从伦敦街市上找来一个大字不识、一口下层百姓粗话的卖花女，要

萧伯纳剧广告

把她训练成有着贵夫人言谈举止的女人。这部喜剧上演以来一直受到观众的喜爱，最后好莱坞把它改编成《窈窕淑女》（*My Fair Lady*），成为轻喜歌剧的经典。

卖花女

第八章

现代文学
(1914—1945)

第八章 现代文学(1914—1945)

第一次世界大战是欧洲资本主义国家争夺利益的恶战,英国虽然不是战地,却也因参战而损失惨重。战争激化了俄国国内的阶级矛盾,1917年俄国十月革命推翻了沙皇统治,这在欧洲和英国引起了巨大的恐慌,其造成的惊恐程度远远大于当年的法国大革命,英国政府加强了对共产主义的警惕。然而,20至30年代社会主义思潮获得了有利的发展条件,20年代末经济大萧条造成了各国局势动荡,由劳动党代表的英国左翼力量组织了工人的抗议活动和罢工。在欧洲大陆上,德国的法西斯力量崛起,并镇压共产主义和社会主义运动。此时,惧怕红色力量强大的英国政要们甚至欢迎希特勒执政,完全没有对法西斯的警惕,以致野心勃勃的德国得以张狂,终于发动了灭绝人性的第二次世界大战。

两次大战之间的英国文坛出现了一批现代主义作家。现代主义是个时髦词,直到今日仍被很多人挂在嘴上,但是真正给它以确切的定义却不容易。从广义上讲它不只是指文学上的创新,还包括欧洲和美国在1914年前艺术领域的革新。梳理一下,现代主义可以具有以下一些特点:(1)认为文学艺术无既定形式;(2)作家不可不加思考地因袭熟悉的程式;(3)对美学效果最为重视;(4)不相信我们通常对现实的认识;(5)文学必须反映现代城市生活的复杂;(6)可利用原始神话帮助我们把握和理顺20世纪无序的经历;(7)强烈但分割的意象或时刻能给我们提供事物最真实的性质;(8)头脑无意识层面与有意识层面同样重要;(9)"人格"是不定的、破碎的,无一致性可言;(10)用反讽和悖论可以把矛盾对立的经历容纳在同一部文学作品内;(11)文学作品永远不会有终结的或绝对的阐释。上述的特点并不是每个现代主义作家都具备,但他们许多人都体现了这种群体性。1910年现代主义在英国萌发,吴尔夫可以说是带头提出了反对以高尔斯华绥和巴特勒代表的爱德华时期文学现实主义,指责他们太物质化。以她为中心的布卢

一战中的英国士兵

圣保罗大教堂:
维多利亚女王登基60年感恩礼拜

一战中后方的女售票员

姆斯伯里文学团体成为文学和艺术新观念的中心,她和乔伊斯在小说实验上,在意识流手法的使用上做出了大胆的尝试。而诗歌方面除去叶芝受到一些新潮流影响,也为它作出自己的贡献外,庞德和艾略特则成为新诗歌划时代的代表。但是现代主义并没有垄断20世纪初期,哈代、吉普林、康拉德、詹姆斯还在创作,与布卢姆斯伯里文学团体格格不入的劳伦斯也发表了他的几部重磅小说。

一、新小说

新小说指这个时期现代主义作家提倡并实践的小说,主要代表是吴尔夫和乔伊斯,但是不属于现代主义的劳伦斯也别具一格。现代主义反对19世纪以来的现实主义小说,认为那些作品从内容上揭露社会不平等和资本主义丑恶是物质主义的表现,忽略了人的内心和精神现实,而从形式上任何编写得有头有尾的情节和故事都是虚假的。只有把人的内心活动如实地反映和记载下来,才是真正的现实。于是,他们试验了意识流叙事,把头脑的有意识和无意识活动作为小说的描写对象;试验了打破时空秩序,把生活,特别是思想的零碎、繁杂和无条理状态呈现出来;还试验了反讽地把现代与历史做对立的比较,以达用现代的猥琐和渺小来震撼读者。

弗吉尼娅·吴尔夫(Virginia Woolf, 1882—1941)是新小说的领军人物。吴尔夫是知识精英、著名文人莱斯利·斯蒂芬(Leslie Stephen, 1832—1904)的女儿,她的兄妹和丈夫都是有建树的作家和文人。他们住在布卢姆斯伯里时聚集了一些文人和艺术家形成了文学团体(Bloomsbury Group),成员除了吴尔夫的丈夫利奥纳德、妹妹瓦妮萨和艺术评论家妹夫克利夫·贝尔外,还有散文和传记作家斯特拉契(Lytton Strachey, 1880—1932)、小说家福斯特等。他们的品位脱俗,批评那些揭露资本主义物质世界的传统现实主义作家和作品,虽有独到的见地,但也很脱离群众,形成一个精英小圈圈。1915年吴尔夫发表她的第一部小说《远航》(The Voyage Out),描写一个年轻英国妇女航行去南非，最后病死他乡。在形式上这部小说仍旧比较靠近传统的现实主义小说，但已经显示了作者对内心情感的专注。她的第一部意识流小说是《黛洛维夫人》（Mrs Dalloway, 1925），接下来的知名小说有《到灯塔去》（To the Lighthouse，1927）、《海浪》（The Waves，1931）。1917年吴尔夫夫妇创办了霍加斯出版社（The Hogarth Press），出版国内外名著，并倡导文学现代主义和实验。吴尔夫还是一位文学评论家和女权倡导者，她的文集《普通读者》（The Common Reader，1925，1932）和《一间自己的房间》（A Room of One's Own, 1929）都是文思泉涌的经

吴尔夫

典。前者实际是前后两个文集的合称，与1938年出版的《三个基尼》（Three Guineas）一道，刊载了她的主要文学批评主张，并且特别关注了女性作家。《一间自己的房间》非常有名，它很真实地道出妇女在文学创作中的艰辛。她特别虚拟了一个莎士比亚的妹妹，她虽然具备与兄长一样的才华，但这才华最终把她引向自杀。该书很实际地指出，一个女人如想写作必须有一年500英镑的收入和一间属于自己的房间。她回顾了自阿芙拉·本恩（Aphra Behn, 1640—1689）到19世纪英国女作家的成就，向勃朗特姊妹、乔治·艾略特致敬，并提出应该重视女性文学传统。婚后吴尔夫出现了间断性精神症状，这个病伴随了她一生，最后她以自杀结束了自己的性命。

吴尔夫的小说《到灯塔去》有自传性，但读起来比较困难，因为线性叙述很弱，大多是人物头脑里对往事的支离破碎的印象和思考。《黛洛维夫人》则比较典型地体现了她的心理现实主义主张和意识流的技巧。小说围绕着伦敦上层社会黛洛维夫人的一天生活展开。黛洛维夫人的丈夫理查德是个成功的议员，当天晚上黛洛维夫人要在家里举行盛大的宴会。一早她出门去买花，小说进入了意识流叙述，随着途经的伦敦街道和公园，她的思想从一个往事跳跃到另一个往事，包括对年轻时在乡间庄园生活的怀念，还有和当时的男友比德在一起的情景。吴尔夫出色地通过黛洛维夫人头脑中的活动表现了大都会伦敦的多个侧面，它的声音、色彩、熙熙攘攘的街市人流和店铺，以及伦敦人对这座城市的复杂情感，对大本钟报时的依赖，还有女主人公对生活的热爱，对伦敦的归属感。小说的另一条叙述线是一战退伍老兵塞普提姆斯·史

密斯的悲惨命运。他不能摆脱战争阴影的折磨，又没有生活的保障，因此企图自杀。这两条线平行贯穿小说，双方人物互不相识，并代表了英国上下两个决然不同的阶层。最后，史密斯终于自杀成功，来出席宴会的医生把消息带到晚宴上，两条叙述线才交汇到一起。这部小说是意识流小说的典型，吴尔夫成功地通过人物的心理活动和大量的片段印象编织了非常宽厚的伦敦社会生活图景，并实践了她的主张，即把握我们内心活动和有意识及无意识的头脑活动才是货真价实的现实主义。

詹姆斯·乔伊斯（James Joyce, 1882—1941）是现代主义新小说的另一位领军人物，而且在小说形式实验方面，他比吴尔夫对当代文坛更有影响。乔伊斯是爱尔兰人，出生在都柏林一个天主教家庭，曾先后在耶稣会学校和都柏林的大学学院接受教育。但是乔伊斯天性敏感，天主教对爱尔兰的控制和狭隘性令他窒息，当时处于高潮的爱尔兰民族主义运动的极端和仇恨心态也引起他的反感。在他认定了自己要献身艺术，摆脱政治和宗教束缚后，他离开了爱尔兰。后来旅居欧洲，进行文学创作，但他所有的作品都是以都柏林为背景写的，他的思念和关注并没有离开家乡。乔伊斯的成就主要见于短篇小说集《都柏林人》（*Dubliners,* 1914）和三部长篇小说《青年艺术家的肖像》（*A Portrait of the Artist as a Young Man,* 1914—1915）、《尤利西斯》（*Ulysses,* 1922）和《芬尼根的守灵》（*Finnegans Wake,* 1939），其中最受读者欢迎的是《青年艺术家的肖像》，最著称的是《尤利西斯》。

詹姆斯·乔伊斯

《青年艺术家的肖像》是自传体小说，其中许多情节都来自乔伊斯的青少年时期，描写主人公如何摆脱了天主教的压抑和民族解放运动的疯狂而离家去寻找自己作为艺术家的前程。但是，它与劳伦斯的《儿子和情人》那种自传小说不一样，虽然两者都写年轻人成长的痛苦历程，《青年艺术家的肖像》重在描述一个艺术家青年的心态、思想和好恶，以及他超现实的美学追求。小说的青年艺术家名叫斯梯芬·戴德拉斯（Stephen Dedalus），戴德拉斯这个名字取自希腊神话，他有一双翅膀，能自由地翱翔天空。因此，这个名字承载了乔伊斯对艺术家追求心灵自由的核心思想。《尤利西斯》是乔伊斯的杰作，也是一部十分难读的书，里面充满了与古典作品、神话、西方文化积淀的互文指涉。全书描写了三个都柏林人的一天，他们是广告公司雇员、犹太人利奥波尔德·布鲁姆、他的妻子茉利和曾经出现在《青年艺术家的肖像》里的戴德拉斯，此时他

《尤利西斯》中提到的圆形电塔：位于都柏林郊外的马铁洛塔

已经是音乐教员。小说的名字尤利西斯是罗马神话里对奥德修斯的称呼，乔伊斯在这部小说里有意地把这三个都柏林人与荷马史诗中的英雄奥德修斯、奥德修斯的妻子和儿子对号，用他们生活的无聊、猥琐、平庸和妻子对丈夫的不忠来展示现代人的悲剧。这三个人各自度过自己的一天，通过他们的经历，看到的、听到的，我们了解了整个都柏林，跟随人物走过它的澡堂子、葬礼、妇产科医院、办公室、图书馆、妓院、餐馆等。到了晚上这三人才聚集在布鲁姆家中，这种平行线到一天最后汇合与《黛洛维夫人》异曲同工，也同样通过人物的心理活动和意识流把都柏林的都市声色展示无余。小说最后是夜深人静后茉利自己在床上的内心独白，其长无比。小说中不时有乔伊斯的精彩之笔，比如布鲁姆中午去小饭馆吃饭，被那里的拥挤不堪、廉价饭菜、汗臭和啤酒尿气味搞得要呕吐，不得不退出来。这段文章里还夹有乔伊斯对爱尔兰皈依天主教的讽刺，对英国绅士派头和斯文的揶揄，他还用了文字游戏，并自己创造新字，非常生动地把爱尔兰的穷困、都柏林人满为患、现代人的平庸都展示出来。

D. H. 劳伦斯（D. H. Lawrence, 1885—1930）不属于现代派小说家，但他是20世纪头十年就崭露头角的重要作家，而且在小说中表述了自己对当时社会的独特看法。劳伦斯出生在诺丁汉郡一个贫困的矿工家庭，母亲却是个知书达

劳伦斯

理、崇尚文化的人，夫妻之间的差距造成了家庭的持久紧张和矛盾。劳伦斯的母亲一心要让儿子跳出矿区，鼓励他读书，母子关系超乎寻常的亲密。但是劳伦斯并没能完成学业，辍学后做过职员和小学教员，最后进入诺丁汉大学的师范学院去拿教师资格证书。此时他已经开始写诗和短篇小说，同时教小学。母亲去世后，劳伦斯大病一场，之后放弃了教书。1912年他认识了他大学教授的德国妻子，两人相爱并不顾女方已婚、有孩子，且大他6岁，一起私奔，从此开始了流动不定的生活，经常入不敷出。战争期间劳伦斯一家在英国，结交了一些文人朋友，但因为妻子是德国人也遇到一些麻烦。

他的第一部小说《儿子和情人》（*Sons and Lovers,* 1913）是自传小说，奠定了他的小说家地位，也是在我国比较普遍了解的劳伦斯作品。小说的主人公保尔是个矿工的儿子，很有艺术天才。他的母亲极力支持他寻找自己的梦想，加剧了保尔和父亲的矛盾。同时，从小对母亲的依恋和母亲对他的掌控使他成年后无法正常恋爱，没有找到精神上和两性关系上都满意的伴侣，直到他母亲患了癌症。为了让母亲不受病魔折磨，保尔给她服下过量的吗啡，事后痛不欲生。《儿子和情人》非常接近劳伦斯的真实青少年经历，也可能是英国小说中头一部真正具备工人阶级背景的小说，其中描述的儿子恋母情结和由此带给他正常婚恋的障碍，是对弗洛伊德心理学的诠释。《虹》（*The Rainbow,* 1915）是劳伦斯最杰出的作品，它描写了随时代演进的一家三代人在婚恋关系上发生的变化。小说的中心人物是厄秀拉，围绕她的经历，劳伦斯触及了波兰移民融入英国的问题、异性和同性恋问题、女人的教育和发展问题，等等。厄秀拉一直追求独立的人生，最后大病复原时似乎看到烟囱林立的丑陋工业远景上方悬挂着一条彩虹，一条象征着美好希望的彩虹。《虹》探讨了人类世代永不停歇的爱和矛盾关系，谴责了工业化和资本主义对自然人际关系的破坏，但在这部小说发表初时，因为其中比较坦诚的性描写而曾被指控为淫秽。然而，最受到社会指责的是他的《查特莱夫人的情人》（*Lady Chatterley's Lover*），该书开始无法出版，1928年由朋友在佛罗伦萨私人出版，在英国出版则是30年之后的事了。其实，劳伦斯之所以描写了一些露骨的性行为和不被斯文社会认可的性关系，是因为他看到残忍的第一次世界大战和冷酷的资本主义工业化对自然和自然的人际关系的扼杀，并相信原始的无阶级界限和金钱考虑的纯粹男女关系是人性不泯灭的最基本保障。因此，他的性描写是在宣传他的人类福音，是他拯救人类不被冷酷的工业化和战争吞噬的主张。

二、现代诗歌

现代诗歌在英国主要涉及庞德、艾略特。叶芝有时也被归入其中,在他的后期诗歌里,叶芝倾向用神话和象征手法表现他对人类社会和精神的理想。**以斯拉·庞德(Ezra Pound, 1885—1972)** 出生在美国,大学毕业后从教不太成功,于1908年赴欧洲,然后移居伦敦。庞德经历和目睹了第一次世界大战,为残酷的现实困惑。在欧洲他受到了法国意象主义诗歌的影响,并把意象主义带到英国,逐渐成为伦敦文坛的知名人物。他一直支持艾略特,在后者创作和发表《荒原》的过程

庞德

中起了重要作用。1920年庞德移居巴黎,1924年离开法国赴意大利定居。晚期的庞德对经济学发生兴趣,对社会借贷的理论研究导致他产生了反犹太思想,在第二次世界大战期间支持了德意法西斯,并发表广播讲话。为此,二战后他曾被捕,后转到华盛顿精神病院,直到1958年获释后才得以回到意大利,在那里去世。

庞德的诗歌总体上比较难读,除了形式不规范、充满意象和强烈感觉而造成的支离破碎等,庞德还热衷把东方,特别是中国和日本古典诗词,用意译的办法结合到自己的诗中。最典型的意象主义例子是描写伦敦地铁的诗——《在地铁站里》("In a Station of the Metro"),一共两行,用黑色树枝上的花瓣比喻人苍白的面孔,展现了人头攒动的地铁的景象。庞德主要的诗作有《休·赛尔温·毛伯里》(*Hugh Selwyn Mauberley,* 1920),由一组反讽的短诗组成,描写19世纪80年代一位小诗人毛伯里的内心状态,也抨击了摧毁人类文明的战争。一战后庞德就超脱了意象主义,但是他的诗歌一直以充塞着典故和集合多种文化著称。1915年发表的《中国》(*Cathay*)基本是把李白的诗按照原意重写。庞德最雄心的诗作是《诗章》(*Cantos*),这首诗从1917年断断续续一直写到1970年,一共109个诗章及8首未完成的诗,内容十分丰富,包括诗人在各个国家对各种文化和事物的感发。

艾略特

同庞德一样，**T. S. 艾略特（T. S. Eliot, 1888—1965）**也生在美国，先后在哈佛、法国和德国念书。1914年他遇见庞德，并听从他的劝告于1927年在英国定居，入了英国国教。艾略特曾短期任教，后来又做意象主义喉舌《自我中心者》（*The Egoist*）杂志编辑。他的创作，特别是《荒原》，受到庞德的鼓励和影响，两人的作品都大量依赖欧洲的文化和文学传统，并夹杂着东方宗教和哲学引涉，甚至包含神秘主义。艾略特的短诗中最为著名的是《普鲁弗洛克的情歌》（"The Love Song of J. Alfred Prufrock", 1915）。这首诗描绘了一个倦怠、无为、精神衰败的现代世界。全诗是主人公的内心独白，他是个现代哈姆雷特，但不是为是否报父仇、除奸恶犹豫，而是不敢采取行动表述爱情。普鲁弗洛克代表了出没沙龙、酒店、咖啡馆的上层有闲阶层，他们既无才能，也无目标地过着空虚的生活，总徘徊在是否该行动的边缘，直到时光逝去，头发谢顶，自己都为自己羞愧。艾略特的长诗杰作当然首先是《荒原》（*The Waste Land*, 1922），另外要提到的还有《四个四重奏》（*Four Quartets*, 1915—1942）。他尝试过诗剧，比较重要的有《大教堂凶杀案》（*Murder in the Cathedral*, 1935）；他的文学批评，如《圣林：论诗歌和批评文集》（*The Sacred Wood: Essays on Poetry and Criticism*, 1920）、《诗歌和戏剧》（*Poetry and Drama*, 1951）、《论诗人和诗歌》（*On Poets and Poetry*, 1957），对西方文学批评影响深远。比如在《传统与个人才

《荒原》

《荒原》中提到的伦敦大桥

能》("Tradition and Individual Talent")一文中他指出没有哪个个人能脱离传统进行创作，他的《论玄学诗人》("On Metaphysical Poets")一文重新评估了以多恩为代表的17世纪玄学诗人，使得长期被埋没的玄学诗人再放异彩。

艾略特的力作《荒原》意在展现一战以后西方的荒原状态，把西方文明比作不育、不生产的干旱土地。全诗由五个部分组成："死者葬仪"、"对弈"、"火诫"、"水里的死亡"和"雷霆的话"。经过了水与火的仪礼，最后大地复苏，有了雨露和生机。由于诗中充满了典故和隐喻，艾略特补充了大量注释来帮助读者。比如在诗中艾略特象征地使用了鱼王和垂钓的隐喻、圣杯的传说、瞎眼的双性先知等《圣经》和希腊罗马神话内容，也引涉了奥维德、但丁、莎士比亚、波德莱尔，还有其他文化中的繁衍神话和传说。西方的荒原当然指的是精神和文明衰败后的荒芜，因此这首诗不论在内容还是在形式上都成为现代主义的里程碑。《四个四重奏》实际上探讨了与《荒原》类似的西方危机，但是它用了具体的和编造的当代和历史的英美城市和乡村做背景，包括被轰炸的伦敦，以交织的画面和意象传达了基督教对人类的基本信念。有评论称它为一首哲学诗，表述的是我们的时代，和这个时代的得与失。

三、 两次大战间的非现代主义文学

从20世纪初到两次世界大战之间，现代主义从来没有能够垄断整个英国的文学风景，实际上，现代主义从来就没能被广大的读者群众欣赏。相反，有一批非现代主义作家活跃着。一战和二战之间的年月里，写一战的小说、回忆录和自传十分畅销。关于战争传说，特工和英雄的小说也十分受欢迎。以考沃德和普里斯特利为代表的传统戏剧仍旧占领了英国的戏台,而诗剧则以艾略特的《大教堂凶杀案》为代表。诗歌方面，戴维·琼斯（David Jones, 1895—1974）回顾凯尔特传统、罗马入侵、盎格鲁-撒克逊文化和基督教传入如何把英国与欧洲大陆连成一体的诗作，取得了历史厚重感，得到艾略特的赞赏。但是，两战间的主要诗人还是奥登。

威斯坦·修·奥登（Wystan Hugh Auden, 1907—1973）是个医生的儿子，出生在伯明翰，在牛津念书时就认真考虑要做诗人，非常喜爱盎格鲁-撒克逊和中古英语诗歌。奥登的大学时期正值共产主义和法西斯都在欧洲兴起，他和

奥登

周围的一群青年作家形成了左派群体,被戏称为"奥登帮",如斯彭德(Stephen Spender,1909—1995)、麦克尼斯(Louis MacNeice,1907—1963)和衣修午德(Christopher Isherwood,1904—1986)。他们在诗歌中有意使用大量的工业社会意象来形成现代问题的象征,比如火车、摩天大楼,十分政治化。斯彭德还亲自参加了西班牙内战,为共和理想宣传。衣修午德则与奥登成为终身友人,并合作发表了戏剧。虽然都对西方现实失望,但奥登和艾略特采取了截然不同的态度,所以艾略特曾说:"不论奥登是怎样,我想我一定是另一样。"奥登深受左翼思想影响,接受马克思主义和弗洛伊德,亲临西班牙两周。但最终他移民美国,并逐渐放弃了政治兴趣,转而研究神学。

奥登推崇叶芝,他的成果主要有诗歌和戏剧。1930年在艾略特的帮助下他发表了《诗集》(*Poems*),给英国诗歌带来新内容和新技巧。此后比较重要的诗集还有《另一次》(*Another Time*, 1940)、《阿基琉斯的盾牌》(*The Shield of Achilles*, 1955)等。奥登1932年开始创作戏剧,他的戏剧受到布莱希特影响,主要有《死亡之舞》(*The Dance of Death*, 1933)、《攀登F6》(*The Ascent of F6*, 1936)、《在边界上》(*On the Frontier*, 1938),有的是与衣修午德合作的成果。奥登还著有长篇戏剧独白,编辑过诗集,发表过文学批评。他的诗从年轻时那种政治的、说教的、讽刺的,逐渐转变成形式多样,内容深邃宽泛,既写城市,也有田园诗,既有抒情的,也有心理描述,对后来的诗人影响很大。

奥登、衣修午德和斯彭德

伊弗林·沃、A. L. 赫胥黎和奥威尔是这个时期的主要小说作家。**伊弗林·沃**(**Evelyn Waugh, 1903—1966**)生在一个出版商家庭,在牛津大学受教育,做过几年小学教师,后加入天主教会。1928年沃发表了第一部小说《衰落与瓦解》(*Decline and Fall*),很成功,取得了社会认可。沃一生写了十来部小说,以故事精彩著称,比如《黑恶作剧》(*Black*

第八章 现代文学(1914—1945)

Mischief, 1932)、《一抔土》(*A Handful of Dust*, 1934)、《荣誉之剑》(*Sword of Honour*, 1965)。他后期的一部重要小说《吉尔伯特·品福尔德的考验》(*The Ordeal of Gilbert Pinfold*, 1957)比较古怪,主人公是个50岁的天主教徒,离家踏上征途,想战胜年迈的各种身体和精神毛病,最后还是靠信仰来支撑自己。这部小说被当作沃本人的小照。

伊弗林·沃画像

A. L. 赫胥黎(Aldous Leonard Huxley, 1894—1963)是19世纪著名的进化论科学家托马斯·赫胥黎的孙子,他选择文学因为患了眼疾。赫胥黎的代表作是《美妙的新世界》(*Brave New World*, 1932),讲述一个有关未来人类的寓言。在那个世界里,科学掌控一切,制造出大量的人造人来置换现在的人类。主人公从新墨西哥带回一个野蛮人,开始时野蛮人还很佩服这个机器人世界,但不久就受不了死板和约束而起来反抗。这部小说以寓言的形式强调人性和自由,警告我们科学技术至上的危险。

乔治·奥威尔(George Orwell, 1903—1950)在70年代之前不被我国的外国文学教学提及,这主要因为他对苏联社会主义的敌对态度。奥威尔的本名是艾里克·亚瑟·布莱尔(Eric Arthur Blair),曾就读伊顿公学,1922—1927年他在印度驻缅甸警察队伍里服务,并写了他的第一部小说《缅甸的日子》(*Burmese Days*, 1934)。因反感帝国主义的作为辞了工作回到伦敦后,他打零活的同时继续写小说,后来参加了西班牙内战并负伤。他的作品一般与时代和政治相关,很多都出自他亲身的经历,比如《去威艮堤坝的路》(*The Road to Wigan Pier*, 1937)对英国无产阶级状况的反映,《向卡塔罗尼亚致敬》(*Homage to Catalonia*, 1939)对西班牙内战的描述。但是他传播最广的小说是《动物农场》

奥威尔

(*The Animal Farm,* 1945），借助一个农场动物造反，赶走人类主人，换了猪来统治它们的寓言，来攻击当时的苏联。

30年代的矿工

第九章

二战后文学（1945— ）

20世纪文学常有地点地图

第二次世界大战在世界范围内造成了更大的灾难，战前的西方各国忙于自家从经济萧条和一战创伤中的复苏，无暇顾及德国和意大利法西斯的崛起。德国在希特勒领导下成立了第三帝国，并开始迫害犹太人和吉普赛人。意大利的墨索里尼干脆出兵侵占非洲，接着希特勒就从军事上支持西班牙的佛朗哥，进而攻占了捷克斯洛伐克等欧洲小国。然而以英国首相张伯伦为典型代表的欧洲各国，包括刚建立的社会主义苏联都采取不招惹德、意的政策。英国和苏联都先后单独同德国签订了互不侵犯条约，愚蠢地沉浸在所谓的外交斡旋的梦中，直到1939年希特勒突袭并占领了波兰，英国才不得不对德宣战。不久德国就拿下了法国、比利时、挪威和丹麦等欧洲国家。在此过程中，希特勒曾梦想占领英国，用飞机日夜轰炸伦敦，还想登陆。但以丘吉尔为首的新政府坚定地动员全国进行抵抗，妇女和老人都积极参加了支援军队和保卫国土的行动，粉碎了法西斯的企图。特别是英国的空军十分英勇，顽强反击并轰炸柏林，制止了法西斯占领英伦三岛的企图。接着，希特勒进攻苏联，迫使苏联参战，拖住了德国的主要兵力。而日本偷袭珍珠港把美国也拖入了战争，加上中国人民顽强的八年抗战，最终世界人民战胜了法西斯，1945年以德、意、日投降结束了这一场人间的巨大浩劫。

战后的欧洲和英国真是一片瓦砾和荒凉，百废待兴，连口粮和日用必

诺曼底登陆

第九章 二战后文学(1945—) 153

需品都短缺。于是有经济学家提出了社会保险制度，发放家庭补助，学校免费午餐，实行健康保险。这就是福利国家的开始，整个时局逐渐稳定，经济慢慢复苏。然而，由于世界上形成了不同制度的两大阵营，也就开始了50年代以美国和苏联为首的冷战时期。60年代中国发生的"文化大革命"在西方，尤其美国也找到了激进派呼应，比如美国校园的学生运动，女权主义为男女平等和性自由的斗争，反对越战的游行等，激进的影响也波及到英国。70年代在撒切尔夫人的保守主义内阁领导下，英国采取了一系列保证平稳、支持工业私有和公共福利的政策，形势向安定发展。90年代苏联解体，冷战局面结束，东欧国家纷纷靠拢西方，整个世界格局产生了巨变。在亚洲，中国收回了香港和澳门，逐渐强大。而中东形势的恶化和9·11恐怖事件却把世界引入了反恐和力量重新组合与平衡的新阶段。

利物浦的二战纪念牌

二战中出现了一批战争诗人，他们与一战诗人很不相同，已经没有浪漫激情，更多的是幻想破灭后的憎恶和绝望。另外，由于二战波及面广，包括英国本土都体验了轰炸的恐惧和战争的残忍，所以诗歌也没有描述和传达这方面内容的必要了。像**道格拉斯（Keith Douglas, 1920—1944）**和**路易斯（Alun Lewis, 1915—1944）**主要就写战争对个人的经历的影响，并利用残疾的躯体、毁坏的地貌风景

迪兰·托马斯

和各式可怕的崩裂瓦解景象来展示生活和心理现状，反映出大灾难中的个人身份危机。比如道格拉斯的《天启》（"Apocalypse"）和路易斯的《入侵者的黎明》（"Raiders' Dawn"）都是比较有名的诗歌，后者用轰炸后残破椅子上挂着一串美丽的蓝色项链的景象制造了战争残忍的震撼效果。他们两人都死在战场上。**迪兰·托马斯（Dylan Thomas, 1914—1953）**与上述诗人不大相同，他20岁开始写诗，不喜欢艾略特那种冷酷和学究式的现代主义。他的诗追随浪漫

主义诗歌，充满对自然的热爱和崇敬，比如《不要静悄悄地消失在夜晚》("Do Not Go Gentle into That Good Night")。**罗伯特·格拉夫斯（Robert Graves, 1895—1985）** 一直活到80年代，二三十年代他生活在国外，写的诗歌不直接与英国和欧洲战事相关，而是颂唱精神的和宗教的追求。两战之间的小说家主要有**乔伊斯·凯瑞（Joyce Cary, 1888—1957）**，他写了一组非洲小说，讲他在尼日利亚做企业雇员时看到的英国人与当地百姓的复杂人际关系。40和50年代他写了两个三部曲，比如以一个有布莱克那样天才的主人公为中心的三部曲，《她吃了一惊》（*Herself Surprised*, 1941）、《做朝圣者》（*To Be a Pilgrim*, 1942）和《马的嘴巴》（*The Horse's Mouth*, 1944）。这两个三部曲被认为是他的主要成果。

二战后的文学十分纷繁，而且因为距离我们太近，也很难对作品和作家做出比较中肯和全面的评介。因此，在这最后一章里，笔者只能把战后出现的重要文学现象和成果略做一个交代。

一、二战后小说

戴维·洛奇

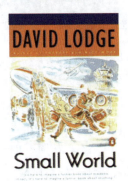

《小世界》

战后英国人们逐渐从战争的创伤中走出来，但现实中的阶级矛盾、等级歧视和贫穷仍然存在。文学以小说最红火，除了主要小说家格林、戈尔丁、奈保尔、福尔斯外，**金斯利·艾米斯（Kingsley Amis, 1922—1995）**，**戴维·洛奇（David Lodge, 1935— ）** 和**艾伦·希利透（Allan Sillitoe, 1928— ）** 都是有影响的作家。前两位以写校园生活和学界现实为主，又称校园作家。艾米斯通过玩笑和讽刺来揭露当代的严重现实问题，并做到了畅销和迎合市场消费需求，比如《幸运儿吉姆》（*Lucky Jim*, 1954），从大学里一个小讲师的经历和视线揭露了校园的腐败和荒唐。洛奇的《小世界》（*Small World: An Academic Romance*, 1984）描述了大学教师的各种问题，他们忙着参加国际学术会议，追逐漂亮女学生，还忙着学术造假。小说对教授学者进行嘲讽的同时，也批评了政府削减教育经费等不利学校发展的做法。希利透的代表作是《星期六夜晚和星期日上午》(Saturday Night and Sunday Morning, 1958)，描绘了诺丁汉郡工人的生活困境，后被改编为电影。他们的作品里都透露出无奈的愤怒。这个时期还有一批著名女作家，她们各有特色，成果丰硕。

格拉汉姆·格林（Graham Greene, 1904—1991） 出生在一个教师家庭，从牛津大学毕业后曾当过记者，做过编辑。二战时期就职外事部门，到过世界许多地方，短期加入过共产党，后来信仰了天主教。格林既写严肃小说也创作轻松的娱乐作品，他的主要作品有《权力与荣誉》(The Power and the Glory, 1940)和《沉静的美国人》(The Quiet American, 1955)。前者写一个牧师在墨西哥革命政权下受到迫害，但就在他马上达到边境，自由在望时，有个临终人希望他做祈祷，他没有拒绝，并因此被捕，惨遭杀害。后一部小说在60年代为中国读者熟知，它讲述一个美国人在越南的尴尬遭遇。格林的许多作品讲的都是人类虽不完美，甚至会犯严重错误，但坚定信仰和认识到局限的本身就是胜利。《问题的核心》(The Heart of the Matter, 1948)就是这样一部作品，写西非二战时期一个警察由于养了情妇而遭讹诈，只好帮助坏人偷运钻石，最后良心责备令他自杀。格林还发表了数部

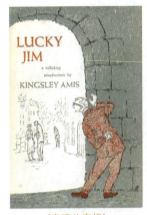

《幸运儿吉姆》

格林

格林二战小说影照

《蝇王》

短篇小说集和一部戏剧。

威廉·戈尔丁（**William Golding，1911—1993**）的出生和教育情况类似格林，开始也是在大学时就写诗。毕业后他做过演员、教员，二战期间在海军里服役，参加过诺曼底登陆。战后他发表小说，成名作是《蝇王》（*Lord of the Flies*, 1954），但是因为它用寓言形式把人性写得太恶而颇费周折才得以出版。故事写几个英国孩子在空难后落荒在一个岛上，随着远离人类社会的道德约束和教育，他们的兽性占了上风。以杰克为首的团伙采用暴力争权夺利，不择手段，他最后变成独裁暴君。幸亏来了一艘救援船，搭救了以拉尔夫为首的正直的孩子们，象征性地也搭救了西方文明。戈尔丁还著有《继承者》（*The Inheritors*, 1955）、《纸人》（*The Paper Men*, 1984）等，身前获得过布克奖，1983年获得诺贝尔文学奖。

另一个诺贝尔奖获得者V.S.奈保尔（**V. S. Naipaul, 1932—**）出生在原英国殖民地特立尼达，大学毕业后在英国定居，开始创作。头三部小说是社会风俗喜剧，都是以特立尼达为背景，之后的小说有以他父亲为原型的英国人在

奈保尔

特立尼达的家族故事《比斯瓦斯先生的宅子》（*The House for Mr. Biswas*, 1961），也有以伦敦和加勒比岛屿为背景的。之后他的小说政治性渐渐增强，1971年获布克奖的《在自由的国度里》（*In a Free State*）描述了三个在异国的人的身份危机，1975年发表的《游击队员》（*Guerrillas*）讲述特立尼达一个游击队头目垂涎白人妇女的政治和性暴力，1979年的《河湾》（*A Bend in the River*）整个写的是东非一个印度穆斯林移民的恐怖遭遇。奈保尔的作品似乎在延续康拉德的主题，涉及了大量的英国人在海外的经历和感受，但是他并不简单地谴责殖民者，很多时候也在暴露被殖民的当地居民的落后和极端。他还写过一些游记。

约翰·福尔斯(**John Fowles, 1926—2005**)原是牛津大学的法文学生,毕业后先做教师,然后做全职作家。他写过通俗惊险小说、魔幻现实主义小说,是个后现代实验派作家。让他扬名的是《法国中尉的女人》(*The French Lieutenant's Woman,* 1969),故事发生在19世纪维多利亚时期,主人公是个古生物学爱好者。他偶然遇见了一个被法国军官抛弃的妓女,两人之间发生了一段若即若离的复杂关系。小说的情节并不十分曲折,它的成功主要在于其叙述的后现代性。叙述者不仅是个讲述的声音,而且像康拉德的马洛出现在故事中并与人物对话。叙述中还把真实史料和虚构人物的故事交织在一起,用维多利亚时期的真人真事混淆视听。这些做法让读者时感在看故事,却又会觉得所读到的并非虚构。小说还给了两个不确定的结尾,给读者留下想象的空间,并揭露了维多利亚社会那表面严厉的道德下娼妓行业盛行的现实。好莱坞制作的同名电影也很成功。

战后的女性作家十分活跃,出现了一大批优秀的女小说家,每年英国的布克奖和普利策奖都有女作家,这里只能简单介绍最最突出的几位。首先提一下**斯巴克**(**Muriel Spark, 1918—2006**),一个有苏格兰和犹太血统的女作家,在爱丁堡接受教育后曾在非洲中部生活数年,根据非洲生活斯巴克写了些短篇小说。二战回英国曾在外交部工作,战后做杂志编辑并开始创作小说,也写诗歌和戏剧。斯巴克一生多产,在她的十多部小说里比较重要的有《吉恩·布罗迪小姐的盛年》

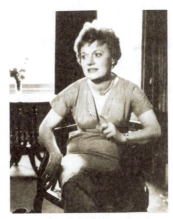

斯巴克

(*The Prime of Miss Jean Brodie,* 1961),以她故乡爱丁堡为背景,写一个女子学校的教师布罗迪小姐在学生中搜罗亲信,搞派别,用自己的魅力搞个人崇拜。布罗迪小姐在赴希特勒德国旅游后变得亲法西斯,最终被追随她的一个学生出卖,以她亲法西斯和非直接地造成一个学生的死亡而告发她,致使她被解雇。布罗迪小姐的所谓的浪漫和对教育的一心一意,实质是一种近于疯狂的狂热,她的权欲有如希特勒那么可怕。但是她的所作所为是通过一个两面派学生的眼睛看到的,小说把这个学生的一对眼睛写成"奸诈的猪眼睛",所以她讲述的布罗迪小姐的可信程度也要打折扣。

金·里斯

金·里斯（Jean Rhys, c. 1890—1979）不大为人知，她出生在多米尼加，是个威尔士医生的女儿，对加勒比海地区有亲身的体验。1919年里斯离开英国基本在巴黎居住。她最著名的小说是续写《简·爱》的《藻海无边》（*The Wide Sargasso Sea*, 1966）。小说描绘了年轻的罗切斯特在多米尼加和牙买加的经历：他向有产业的美丽克里奥尔姑娘，即后来的疯妻求婚，以及他们婚姻初期显示出的不协调和矛盾，其中夹杂了种族偏见、殖民庄园主和当地土著的阶级矛盾，甚至仇恨。年轻善良的克里奥尔姑娘被各种力量挤兑又失去丈夫罗切斯特的爱情之后变成了疯子，被罗切斯特带回英国关在阁楼上，最后葬身火海。《藻海无边》从另一个视角前续了《简·爱》，它比《简·爱》反映了更宽的社会画面和更深的社会矛盾，实际上纠正了《简·爱》那种如灰姑娘童话般的浪漫，而且让读者不能再把阁楼上的疯女人简单当作罗切斯特和简·爱爱情的障碍看待了。

与上面两位作家不同，**爱利丝·默多克**（Iris Murdoch, 1919—1999）不再局限于现实主义，她的风格属于新一代。默多克出生在都柏林，在牛津学哲学，后来又教过哲学，所以她的小说比较难读，充满了哲理和形而上探究。在文学创作中默多克比较崇拜吴尔夫和贝克特，并有意识地模仿他们。她的主要作品有《在网下》（*Under the Net*, 1954）、《钟》（*The Bell*, 1958）、《一个砍掉的头》（*The Severed Head*, 1961）、《红与绿》（*The Red and the Green*, 1965）、《海，海》（*The Sea, The Sea*, 1978）等。《一个砍掉的头》曾被普里斯特利于1963年改编成话剧，是一部充满象征含义的作品，反映现当代人的存在主义焦虑。《海，海》获得了布克奖，讲述一个戏剧导演和他童年的爱，显示了明显的莎剧《暴风雨》的影响。

多丽丝·莱辛（Doris Lessing, 1919— ）是个比较激进和政治化的作家。她出生在波斯，父母是英国人，后来又在南罗德西亚农场生活过，15岁时她就辍学，当过护士、打字员和电话接线员。这些生活背景使她具备下层人民的立场。她于1949年回到英国，并在50年代加入了英共。莱辛的第一部小说《青草在歌唱》(*The Grass Is Singing,* 1950) 讲一个白人庄园主妇和她的黑人仆人的复杂关系，最终以暴力结束。之后她发表过成长四部曲《暴力的孩子们》(*Children of Violence,* 1952—1969)，探讨个人成长和集体的关系，也写过以假想星球为背景的虚拟宇宙以及精神分裂与社会分裂的小说。但是莱辛被公认为最具后现代叙事实验特

多丽丝·莱辛

色的小说是《金色笔记》(*The Golden Notebook,* 1962)，该书的结构分成四个不同颜色的笔记本，这样做是女作家安娜·伍尔夫从不同侧面记载生活，想打破自己创作的困局，克服精神压力。四本笔记用四种不同文类来写，每一本有自己的人物和事件。但最后安娜还是发了精神病，四个声音混淆在一起，无法分辨。安娜策划写的作品起名叫《自由女人》(*Free Women*)，这实际是反讽地强化了莱辛这部小说要突出的女人没有自由，受到各种压力和约束的主题。因此，《金色笔记》发表后曾得到女权主义者的一片欢呼。然而，莱辛在小说中更多地探讨着个人和集体、个人和社会如何协调，以及政治和阶级等普遍存在的社会问题。她于2007年，在88岁高龄时获得了诺贝尔文学奖。

玛格丽特·德拉布尔 (Margaret Drabble, 1939—) 更为人知的是她主编了《牛津英国文学词典》(*The Oxford Companion to English Literatue*)，但她也是个学者和作家。她的姐姐，学者和小说家**A. S. 拜厄特 (A. S. Byatt, 1936—)** 与她齐名成为文学史上的佳话。姐妹两人出生在律师家庭，受过良好的教育，并体现了后现代学者小说家的特点。德拉布尔主要作品有三部：

德布拉尔

A. S. 拜厄特

《夏日的鸟笼》（*A Summer Bird-Cage,* 1963)、《磨盘石》（*The Millstone,* 1965)和《瀑布》（*The Waterfall,* 1969)。主人公大部分是大学毕业的女性，她们要面对事业和婚恋的矛盾及选择，包括承担未婚生育的责任，以及学会在欲望和精神追求之间寻求平衡。拜厄特本人是个浪漫主义文学教授，学者写小说的特点在她的作品中体现得特别突出。她最知名的小说是获得布克奖的《占有》（*Possession,* 1990)，假借20世纪一对男女学者研究和考证19世纪真实浪漫主义诗人，来把当代和19世纪穿插结合起来，既有时空的穿梭和侦探般的悬念，又涉及了宽厚的史料和文学知识，显示了作者很强的学术背景和高超的写作技巧。

二、二战后诗歌

在60到70年代这段时期里，西方的各种思潮涌动，文学反映了各种不满和社会动向，诗歌很少为愉悦和教育的目的服务，公众也逐渐远离深奥或愤怒的诗歌。在这段时间里出现了所谓的"新浪漫主义运动"，努力要把花样繁多的实验派诗歌拉回"词语纯洁"和"句法连贯"的英国诗歌传统上来。拉金和戴维是这个时期的重要诗人，但并不完全赞成新浪漫主义运动。70年代以后，诗歌中逐渐出现了对历史的关注，直接的影响来自嫁给英国诗人**泰德·修斯**（Ted Hughes, 1930—1998）的美国女诗人**西尔维娅·普拉斯**（Sylvia Plath, 1932—1963)，她用诗歌表述历史暴力下个人的心理恐惧，特别是纳粹蹂躏下的犹太人的处境。这个阶段的诗人很多，可以提及的有**彼得·瑞德格罗夫**（Peter Redgrove, 1932—2003)、**汤姆·甘**（Thom Gunn, 1929—2004)、**伊丽莎白·詹宁斯**（Elizabeth Jennings, 1926—2001)、**罗伯特·康蒯斯特**（Robert Conquest, 1917—)，他们的诗都收编在康蒯斯特主编的新浪漫主义运动的选读本《新诗行》（*New Lines,* 1956）里，但其中诗人并非都属于这个运动，甚至有人后来成为反对派。战后有名的诗人还有"三H"，即姓名以H开头的三位诗人，他们是**杰弗里·希尔**（Geoffrey Hill, 1932—)、**托尼·哈里森**（Tony Harrison, 1937— ）和谢默斯·希尼，希尼于20世纪末获得诺贝尔文学奖。希尔一直写历史题材，有古代和中古英国历史，也有刚过去的二战。哈里森被誉为工业北方的代表，他常以这地方为诗歌主题，从他工人出生的儿时记忆里获取素材。

菲利普·拉金（Philip Larkin, 1922—1985） 毕业于牛津，是艾米斯的同学，毕业后基本在图书馆工作。拉金的早期诗歌发表在《战时牛津诗集》(*Poetry from Oxford in Wartime*, 1944) 和《北方船》(*The North Ship*, 1945) 里，显示了叶芝对他的影响。虽然他也发表过小说，但拉金的成就主要还是诗歌。他逐渐摆脱了叶芝，转向哈代，1955年发表的诗集《较少被骗的人》(*The Less Deceived*) 收集了一些口语化诗歌，抒情中夹杂尖刻，之后的诗歌在讽刺之外添加了忧伤，像《老傻瓜》("The Old Fool") 写的是对死亡和生命短暂的思考。拉金反对现代派充满隐喻和典故的学究式诗歌，他的诗反映了60年代西方兴起的各种激进运动和思潮，如新马克思主义、超现实主义、甲壳虫和爵士乐，还有性解放。

唐纳德·戴维（Donald Davie, 1922—1995） 是诗人也是批评家，在文学理论和观点上很受利维斯影响。他拥护继承英国传统，在批评著作《英语诗歌词语的纯洁》(*Purity of Diction in English Verse*, 1952) 一书里他批评了许多新浪漫主义主张和波西米亚诗风。他出版了五六部诗集，如《理性的新娘》(*Brides of Reason*, 1955)、《诗集》(*Poems*, 1969)，还写了对司各特、庞德、哈代等文学家的评论。

谢默斯·希尼（Seamus Heaney, 1939—　） 出生在北爱尔兰，是个农民的儿子，父亲牧牛，母亲在工厂织布。希尼在贝尔法斯特读了大学，逐渐发表诗歌并加入了那里的诗人团体，同时在母校从教，后来他去美国，在加州大学、哈佛大学都教过书。他的早期诗歌基本都以农场生活为素材，比如《十一首诗》(*Eleven Poems*, 1965)、《自然学者之死》(*Death of a Naturalist*, 1966)。他在诗中把写诗比作挖地，意识到自己已经不会像先人那样不停劳作，也不会同土地保持那种亲密的关系了，但是他要用手里的笔耕耘不息，把爱尔兰先人的传统继续下去。在后期的作品里，希尼比较直接地介入了政治，对爱尔兰共和军的狭隘进行批评，比如《惩罚》("Punishment", 1975) 就很说明问题。这首诗是因1959年在德国发现了一具公元1世纪被杀害的女尸而

希尼

写的,从这里希尼回溯了爱尔兰共和军杀害那些与英国军人发生恋情的爱尔兰姑娘的古老日耳曼传统,并予以谴责。希尼还研究词语的文化和历史层面的含义,对自然和事物观察非常细致,能把普通景物化为神奇。

三、二战后戏剧

二战后英国因财力不足和批评界的挑剔,戏剧创作和上演比同期的美国冷清,但是也有自己的特色和亮点。从战后到世纪末,英国戏剧可以分成三大类别,即J. B. 普里斯特利、汤姆·斯托帕德、**诺亚尔·考沃德（Noël Coward, 1899—1973）**和**特伦斯·拉梯根（Terence Rattigan, 1911—1977）**为代表的传统戏剧,约翰·奥斯本为首的"愤怒的青年"派（The Angry Young Men）作家,以及贝克特和品特为代表的荒诞戏剧。与此同时,通俗文学和娱乐业逐渐发展,剧作家加入了更多的影视脚本创作和改编,剧团体制和演员的表演都受到越来越多的商业化引导。比如通俗侦探和惊险小说改编戏剧的例子有**阿嘉莎·克里斯蒂（Agatha Christie, 1890—1976）**的推理侦探小说《捕鼠夹》（*The Mousetrap*, 1955）就被改编上演,而以著名演员劳伦斯·奥利弗为首的国家剧团和另一个皇家莎士比亚剧团都在上演经典剧目之外排演一些高质量的新派改革剧目。

普里斯特利

第一类通俗传统戏剧基本沿袭了现实主义风格,没有太超越英国舞台的许多承传规矩。**J. B. 普里斯特利（J. B. Priestley, 1894—1984）**既是舞台剧作家,又是记者和批评家,而且在战时为英国广播公司服务,他主持的"不列颠在说话"（"Britain Speaks"）成为家喻户晓的节目。他从战争年代就创作,一直写到战后,前后约50部戏剧,其中有一组"时间剧"（Time Plays）受到了当时一种时间理论的影响,专门表现时间的神秘,探讨过去、现在和将来的延续、转换和不可知。普利斯特利最经典的一出戏叫做《巡官登门》（*An Inspector Calls*, 1947）,继承了从17世纪到王尔德、萧伯纳的客厅戏传统,通过十分精巧的对话描写了来访的检察官围绕一个女孩的自杀询问一家人时,每个人的心理活动和表现，整个戏剧笼罩着神秘的气氛。

汤姆·斯托帕德（Tom Stoppard, 1937— ）是比较典型的市场型剧作家，创作了一些悬念和惊险戏剧，但他最著名的实验性剧目是写莎士比亚悲剧《哈姆雷特》中的两个小角色的现代剧《罗森格兰兹和吉尔登斯吞死了》（*Rosencrantz and Guildenstern Are Dead*, 1966）。在莎剧里这两

《巡官登门》

人是哈姆雷特的朋友，克劳迪斯派他们去英国，在哈姆雷特回国前把他杀死，但被哈姆雷特识破后反遭杀身之祸。在斯托帕德的剧中，这两个莎剧小人物回到舞台上，一边玩牌一边进行着对话，等待并猜测自己的命运。对话充满了喜剧性的文字游戏、机敏和幽默，但却透露着这两个等待去完成命运未卜任务的牺牲品的绝望。

"愤怒的青年"派作家有一群人，并不局限于戏剧。他们的代表虽然是奥斯本，但一般把艾米斯和希利透等人也包括在内。这批作家得名于奥斯本的戏剧《愤怒的回顾》（*Look Back in Anger*, 1956）。**约翰·奥斯本（John Osborne, 1929—1994）**出生在伦敦一个商业画家家庭，他成为作家之前做了一段演员，熟悉了戏剧和剧院。在苏联出兵镇压了布达佩斯起义，美国占领苏伊士运河的动荡世界局势下，在新浪漫主义文学主张的影响下，奥斯本创作了成名作《愤怒的回顾》，并于1956年上演，描写了工人阶级的男主人公吉米和上层中产阶级出身的妻子的生活，获得了轰动效应。对吉米来说，妻子的家庭代表着既定的体制，战争年代的记忆和现实生活的无为窒息着他，

《罗森格兰兹和吉尔登斯吞死了》

他满腹牢骚和愤懑。《愤怒的回顾》除了内容上反映了战后英国年轻人的普遍心态,在艺术手法上也做了大胆革新。一反英国戏剧一贯的斯文传统,此剧如实地展示了狭窄的一室一厅的居住条件、杂乱的客厅、在客厅里熨衣服等拮据的下层中产生活。吉米这个人物也一反过去人物的斯文,他时而自怜,时而愤怒,批评和埋怨中夹着骂人的脏话,是当时许多普通英国人感到对命运无奈又愤懑的心态的宣泄。类似这种描写贫困和无聊生活的戏剧还有**阿诺德·维斯克(Arnold Wesker, 1932—)** 的戏剧《厨房》(*Kitchen*, 1959)。它坦白地呈现工人和下层市民的日子,揭露上层社会所谓的绅士风度和行为准则的虚伪,以致"厨房洗碗池剧"成为这类戏剧的代名词。

"愤怒的青年"派戏剧的突破主要在于内容和形式上反对遮遮掩掩的斯文

贝克特

和虚伪,但在德国戏剧家布莱希特和存在主义的影响下,英国戏剧界也出现了真正意义上的形式革新,这场革新的代表人物是贝克特和品特。**塞缪尔·贝克特(Samuel Beckett, 1906—1989)** 出生于都柏林一个信仰英国国教的爱尔兰家庭,曾在都柏林的三一学院念书。20年代他旅居法国,后在巴黎任教,认识了乔伊斯,受其影响并翻译他的小说。贝克特开英国荒诞戏剧之先河,凸显人类生存的无厘头和无逻辑,接受了法国的存在主义理论。他最典型的戏剧是《等待戈多》(*Waiting for Godot*, 1952),该剧不论从内容还是从形式上都很前卫,剧中的两个主要人物没有多少动作,一直在舞台上等待一个叫做戈多的人到达。戈多(Godot)这个词里有"上帝"("God")这个词,因此暗示这个被等的人可能是神,可是他根本没出现。在舞台上,人物坐在一棵树下,一边聊天一边不断地穿脱靴子,还总说要走。这个"我们走吧"被反复

《等待戈多》

重复，造成让观众发疯的效果，而他们的贫嘴和可笑又造成喜剧效应。贝克特的现代主义实验不同于乔伊斯和艾略特，他没有搞学究式的繁琐互文引涉和象征等花样，而是把戏剧从情节到布景，到台词，都削减到最少的程度，从而挑战语义和存在的意义，并给观众留出自己解读的巨大空间。贝克特于1969年被授予诺贝尔文学奖。

最后要提到的是品特，另一个获得诺贝尔文学奖的剧作家。**哈罗德·品特(Harold Pinter, 1930—2008)** 是伦敦东区一个犹太工人的孩子，没有上大学，却进入了戏剧学院，20岁前就开始写诗，然后去做演员。他的第一步戏剧《一间房子》(*The Room*)于1957年上演，最知名的剧是《生日晚会》(*The Birthday Party,* 1958)被评论界称为"威胁喜剧"(comedy of menace)。剧中主人公是个来历不明的乐师，租住着一间房子。在他生日那天来了两个房东夫妇认识的人，房东说起是乐师的生日，两个来人建议开生日会。但说着说着他们就指控乐师多项罪行，连骂带揍，最后演成一场暴力，乐师被打得失去知觉。品特的很多剧都强调和制造外界可能带来的近于荒诞的威胁和灾难，以达到让人感到陷在某种局面中无法摆脱，也无处可逃。而乐师是谁？两个来人是谁？那些罪行是什么？剧中都没有交代，有的只是不清楚原由的灾难带给人的恐惧，要传递给观众的则是现代生存的险恶、交流和理解的困难，还有行为的非理性。品特后期写作转向政治内容，他本人也热衷搞起政治活动来。品特于2006年获得诺贝尔文学奖。

品特

品特《生日晚会》

作家索引

(按姓氏中文拼音排序，只限英国作家)

A

阿诺德（Arnold, Matthew）
艾狄生（Addison, Joseph）
艾略特，乔治（Eliot, George）
艾略特，T.S.（Eliot, T. S.）
艾米斯（Amis, Kingsley）
埃思里奇（Etherege, George）
奥登（Auden, Wystan Hugh）
奥斯本（Osborne, John）
奥斯丁（Austen, Jane）
奥威尔（Orwell, George）

B

巴特勒（Butler, Samuel）
拜厄特（Byatt, A.S.）
拜伦（Byron, George Gordon）
班奈特（Bennett, Arnold）
班扬（Bunyan, John）
贝克特（Beckett, Samuel）
伯克（Burke, Edmund）
伯尼（Burney, Frances）
勃朗特，艾米丽（Brontë, Emily）
勃朗特，夏洛蒂（Brontë, Charlotte）
布莱克（Blake, William）
布朗宁，罗伯特（Browning, Robert）
布朗宁，伊丽莎白·贝瑞特（Browning, Elizabeth Barrett）

D

戴维（Davie, Donald）
道格拉斯（Douglas, Keith）
德拉布尔（Drabble, Margaret）
德莱顿（Dryden, John）
笛福（Defoe, Daniel）
狄更斯（Dickens, Charles）
丁尼生（Tennyson, Alfred）
多恩（Donne, John）

F

菲尔丁，亨利（Fielding, Henry）
菲尔丁，萨拉（Fielding, Sarah）
福尔斯（Fowles, John）
福斯特（Forster, E. M.）

G

盖伊（Gay, John）
甘（Gunn, Thom）
高尔斯华绥（Galsworthy, John）
哥尔德斯密（Goldsmith, Oliver）
格拉夫斯（Graves, Robert）
格雷（Gray, Thomas）
格林·格拉汉姆（Greene, Graham）
格林·罗伯特（Greene, Robert）
葛德文（Godwin, William）

H

哈代（Hardy, Thomas）
哈里森（Harrison, Tony）
哈兹列特（Hazlitt, William）
赫伯特（Herbert, George）
贺莱姆（Hallam, Arthur）
赫立克（Herrick, Robert）
赫胥黎（Huxley, Aldous Leonard）
亨特（Hunt, Leigh）
华兹华斯（Wordsworth, William）
怀特（Wyatt, Thomas）
霍华德（Howard, Henry）
霍普金斯（Hopkins, Gerard Manley）

J

吉普林（Kipling, Rudyard）
吉辛（Gissing, George）
济慈（Keats, John）

K

卡鲁（Carew, Thomas）
凯德蒙（Caedmon）
凯瑞（Cary, Joyce）
康格里夫（Congreve, William）
康蒯斯特（Conquest, Robert）
康拉德（Conrad, Joseph）
考沃德（Coward, Noël）
柯尔律治（Coleridge, Samuel Taylor）
克里斯蒂（Christie, Agatha）

L

拉德克里夫（Radcliffe, Ann）
拉梯根（Rattigan, Terence）
拉金（Larkin, Philip）
朗格兰（Langland, William）
劳伦斯（Lawrence, D. H.）
莱辛（Lessing, Doris）
兰姆（Lamb, Charles）
勒甫雷斯（Lovelace, Richard）
理查逊（Richardson, Samuel）
里斯（Rhys, Jean）
利利（Lyly, John）
利维斯（Leavis, F. R.）
琳诺克斯（Lennox, Charlotte）
刘易斯，马修·格里高里（Lewis, Matthew Gregory）
刘易斯，乔治·亨利（Lewes, George Henry）
路易斯（Lewis, Alun）
罗塞蒂（Rossetti, Dante Gabriel）
罗斯金（Ruskin, John）
洛克（Locke, John）
洛奇·戴维（Lodge, David）
洛奇·托马斯（Lodge, Thomas）

M

马洛（Marlowe, Christopher）
马洛里（Malory, Thomas）
马求林（Maturin, Charles Robert）

马维尔（Marvell, Andrew）
毛姆（Maugham, W. Somerset）
麦克尼斯（MacNeice, Louis）
弥尔顿（Milton, John）
莫尔（More, Thomas）
默多克（Murdoch, Iris）

N

纳什（Nashe, Thomas）
奈保尔（Naipaul, V. S.）
纽曼（Newman, John Henry）

P

潘恩（Paine, Thomas）
庞德（Pound, Ezra）
培根（Bacon, Francis）
佩特（Pater, W. H.）
彭斯（Burns, Robert）
品特（Pinter, Harold）
蒲柏（Pope, Alexander）
普拉斯（Plath, Sylvia）
普里斯特利（Priestley, J. B.）

Q

乔叟（Chaucer, Geoffrey）
乔伊斯（Joyce, James）
琼生（Jonson, Ben）
琼斯（Jones, David）

R

瑞德格罗夫（Redgrove, Peter）

S

萨克雷（Thackeray, William Makepeace）
萨克金（Suckling, John）
沙夫茨伯里（Shaftesbury, Anthony Ashley Cooper, 3rd earl of）
莎士比亚（Shakespeare, William）
史蒂文生（Stevenson, Robert Louis）
斯巴克（Spark, Muriel）
斯宾塞（Spenser, Edmund）
斯蒂芬（Stephen, Leslie）
斯蒂尔（Steele, Richard）
斯摩莱特（Smollett, Tobias George）
斯彭德（Spender, Stephen）
斯特恩（Sterne, Laurence）
斯特拉契（Strachey, Lytton）
斯托帕德（Stoppard, Tom）
斯威夫特（Swift, Jonathan）
司各特（Scott, Walter）
骚塞（Southey, Robert）

T

汤姆逊（Thomson, James）
托马斯（Thomas, Dylan）

W

王尔德（Wilde, Oscar）
威德西斯（Widsith）
威尔斯（Wells, H. G.）
威克利夫（Wyclif, John）
威彻利（Wycherley, William）
维斯克（Wesker, Arnold）
沃（Waugh, Evelyn）
沃波尔（Walpole, Horace）
吴尔夫（Woolf, Virginia）

X

锡德尼（Sidney, Philip）
希尔（Hill, Geoffrey）
希利透（Sillitoe, Allan）
希尼（Heaney, Seamus）
萧伯纳（Shaw, George Bernard）
修斯（Hughes, Ted）
雪莱，玛丽（Shelley, Mary）
雪莱，佩西·比舍（Shelley, Percy Bysshe）

Y

叶芝（Yeats, W. B.）
衣修午德（Isherwood, Christopher）
约翰逊（Johnson, Samuel）

Z

詹姆斯（James, Henry）
詹宁斯（Jennings, Elizabeth）

主要参考书目

Liu Yiqing and Liu Jiong. *A Brief History of English Literature—from the Old English Period to the Present*（Beijing: Foreign Language Teaching and Research Press, 2008）.

Rogers, Pat, ed. *The Oxford Illustrated History of English Literature*（Oxford and New York: Oxford University Press, 1990）.

Pfordresher, John, Gladys V. Veidemanis and Helen McDonnell, eds. *England in Literature*.（Glenview, Illinois: Scott, Foresman and Company, 1989）.

德拉布尔，玛格丽特编《牛津英国文学词典》（*The Oxford Companion to English Literature*）第6版，牛津大学出版社和外语教学与研究出版社发行，2005）。

桑德斯，安德鲁著《牛津简明英国文学史》，谷启楠、韩加明、高万隆译（北京：人民文学出版社，2000）。

王佐良、周珏良主编《英国文学史》5卷本（北京：外语教学与研究出版社，2006）。

《中国大百科全书·外国文学》第一卷，第二卷（北京，上海：中国大百科全书出版社，1982）。

吴元迈著《英国文学简史》（上），（下）（海口：海南出版社，1993）。

北京大学出版社隆重推出

插图本外国文学史系列丛书

插图本拉美文学史　　　　插图本日本文学史　　　　插图本法国文学史（彩色印刷）　　插图本俄国文学史（彩色印刷）
李德恩　孙成敖 编著　　　刘利国　编著　　　　　　董强　著　　　　　　　　　　刘文飞　编著
ISBN 978-7-301-15221-8　 ISBN 978-7-301-14224-0　 ISBN 978-7-301-15686-5　　 ISBN 978-7-301-15048-1
定价：28.00 元　　　　　　定价：24.00　　　　　　　定价：35.00 元　　　　　　　定价：45.00 元
出版日期：2009.6　　　　　出版日期：2008.9　　　　　出版日期：2009.9　　　　　　出版日期：2010.1
16 开　　　　　　　　　　 16 开　　　　　　　　　　16 开　　　　　　　　　　　 16 开

作者简介：李德恩，男，研究员，毕业于北京外国语大学，曾在北京外国语大学外国文学研究所担任《外国文学》副主编，现任中国西班牙葡萄牙拉丁美洲文学研究会理事。

董强，北京大学外国语学院法语系教授、博导，曾任法国东方语言学院高级讲师、中央电视台法语教学节目主持人，2008 年获"法国教育骑士"勋章。

刘利国，大连外国语学院日本语学院院长，教授。

刘文飞，中国社会科学院研究生院教授、博士生导师，外国文学研究所研究员，中国俄罗斯文学研究会秘书长，中国作家协会会员，中国翻译家协会理事。

内容介绍：本丛书按照时间顺序，对各国文学几个世纪以来的发展进行简明的介绍。选取有代表性的作家、作品、文学事实，要点突出，详略得当。配有大量插图。

编辑荐语：作者虽是文学方面的专家，但本丛书并不是研究性学术专著，而是针对一般读者的普及性读物。语言平实、概括，选取有代表性的作家、作品加以介绍，使读者对各国文学的发展有一个总体性认识。本套丛书不同于其他文学史类书籍的一大特点就是插图本，图文并茂。值得一提的是，《插图本法国文学史》还将一些文学、历史的背景知识做成"文学小花絮"、"历史小花絮"，使读者读来兴趣盎然。

即将推出的还有《插图本美国文学史》和《插图本德国文学史》。

北京大学出版社

北京市海淀区成府路 205 号　　　　　　　邮购部电话：010-62752015
北京大学出版社外语编辑部　　　　　　　市场营销部电话：010-62750672
邮政编码：100871　　　　　　　　　　　　　　　　　　010-62752018
电子邮箱：alice1979pku@163.com　　　　　外语编辑部电话：010-62759634